In Unmittelbarer Nähe

BROKEN BOW
BUCH VIER

ASHLEY A QUINN

TCA PUBLISHING LLC

ISBN: 978-1-959943-40-2

Verlag: TCA Publishing, 216 N Hayes St., Bellefontaine, OH 43311

Ansprechpartner: ashley@ashleyaquinn.com

Anmerkung des Autors

Die Verwendung der CRISPR-Technologie zur Erleichterung der DNA-Sequenzierung in der Forensik ist nicht neu, aber immer noch hochmoderne Wissenschaft. Die normale DNA-Sequenzierung erfordert die Vervielfältigung der kurzen Tandemwiederholungen (STR) in der menschlichen DNA, die in der Forensik verwendet werden. Mit anderen Worten, die DNA muss viele Male kopiert werden, um eine ausreichende Menge für das Funktionieren des Tests zu erhalten. In den 2010er Jahren begannen Wissenschaftler, die CRISPR-Technik einzusetzen, um diese STR-Abschnitte ohne den Vervielfältigungsprozess zu analysieren, was es Forensikern ermöglicht, stärker abgebaute Proben zu verwenden und dennoch genaue Ergebnisse zu erhalten.

Warum erzähle ich euch das? Weil die quirlige Katie Mitchum, die Hauptfigur dieses Romans, gerade dabei ist, ihren Doktortitel mit dieser Technik zu erlangen. Es handelt sich um echte Wissenschaft, und ich wollte euch einen Hintergrund zu dieser Forschung geben. Ich habe mir das nicht alles ausgedacht, versprochen!

Viel Spaß beim Lesen!

-Ashley

KAPITEL
Eins

»Oh, komm schon!« Dr. Alex Randall schaute sich in seinem Pathologielabor um, seine Wut wuchs, als er das Chaos betrachtete, das über Nacht entstanden war.

Katie Mitchum, die leitende Forensikerin des Bezirks, streckte ihren Kopf hinter einer großen, kastenförmigen Maschine hervor, ihre rosa Brille rutschte ihre Nase hinunter und Strähnen ihres bunten Haares flatterten um ihr hübsches Gesicht.

»Ernsthaft, Katie? Wo zum Teufel kommt der ganze Scheiß her? Ich muss hier unten auch arbeiten, weißt du.« Er warf seine Aktentasche auf den Obduktionstisch und stemmte die Hände in die Hüften, während er sie anstarrte.

Sie rollte mit ihren haselnussbraunen Augen. »Nimm eine Beruhigungspille, Doc. Sobald ich es organisiert habe, wird es nicht mehr so schlimm aussehen.«

Er schaute sich im Raum um, der bereits bis zum Anschlag vollgestopft war. »Wo willst du das alles hinstellen, damit es besser aussieht?«

Ihre Augen folgten dem gleichen Weg wie seine, und sie zuckte mit den Schultern. »Irgendwohin. Ich muss nur ein paar Sachen umstellen. Worüber beschwerst du dich überhaupt? Du nutzt nicht einmal den ganzen Platz hier unten.«

Er kniff sich in den Nasenrücken, schon bildete sich Kopfschmerzen. »Habe ich, bevor du aufgetaucht bist.«

Der Blick, den sie ihm zuwarf, sagte, dass sie dachte, ihm sei ein zweiter Kopf gewachsen. »Sicher doch. Deshalb war es so einfach für mich einzuziehen.«

Alex rieb sich mit den Händen übers Gesicht. Er konnte es kaum erwarten, dass der Bezirk das kriminaltechnische Labor wieder aufbaut, damit er sie aus seinem Raum bekommen konnte. Sie trieb ihn in den Wahnsinn. »Okay. Gut. Ich will nicht streiten. Kannst du bitte«, er gestikulierte mit seinen Händen im Raum herum, »die Dinge so verschieben, dass wir mehr Platz zum Arbeiten haben? Ich habe das Gefühl, über alles zu stolpern.«

Sie rümpfte die Nase und runzelte die Stirn, nickte aber.

»Danke.« Er nahm seine Aktentasche auf und ging an ihr vorbei zu seinem Büro auf der anderen Seite des großen Raums. Zumindest hatte sie diesen Bereich noch nicht eingenommen. Er steckte seinen Schlüssel ins Schloss und öffnete die Tür. Als er das Licht einschaltete, stöhnte er auf. Drei weitere Aktenschränke standen an den Wänden.

»Wie zum Teufel ist sie überhaupt hier reingekommen?«, murmelte er.

»Oh, ich wollte dir letzte Nacht eine Nachricht deswegen schicken, und habe es vergessen«, sagte Katie hinter ihm. Er drehte sich um, um sie anzusehen. »Sie haben den neuen Beweistrockner und den Gaschromatographen geliefert. Ich brauchte Platz, also habe ich den Sicherheitsdienst gebeten, dein Büro aufzuschließen.«

Sein Kiefer arbeitete, während er auf sie herabsah. »Ich dachte, wir waren uns einig, dass mein Büro tabu ist?«

Sie zuckte mit den Schultern. »Ich brauchte den Platz.«

»Find woanders Platz.«

»Es sind nur ein paar Aktenschränke, Alex.«

»Ist mir egal. Bleib aus meinem Büro raus. Du hast bis zum Ende des Tages Zeit, sonst stehen sie im Flur.«

Sie seufzte und rückte ihre Brille zurecht. »Gut, Miesepeter.« Mit einem weiteren Augenrollen drehte sie sich um und schlenderte davon.

Alex packte die Türkante und schleuderte sie zu. Diese Frau würde noch sein Tod sein. Wenn er dachte, er könnte eine bessere Forensikerin finden, würde er sie wegen Insubordination feuern. Ihre Fähigkeit war das Einzige, was sie im Job hielt.

Er stieß einen Atemzug aus und zog seinen Mantel aus. Ehrlich gesagt, war sie nicht so schlimm. Sie nervte ihn, ja, aber sie war nett und witzig und die beste verdammte Forensiktechnikerin, mit der er je gearbeitet hatte. Es gab nur manche Tage, an denen ihre Neigung, die Führung zu übernehmen, an seinem letzten Nerv zerrte. Was wesentlich häufiger vorkam, seit sie in sein Labor eingezogen war.

Er hängte seine Jacke über die Rückenlehne seines Stuhls, setzte sich und begann, seine E-Mails zu durchforsten. Das Telefon klingelte, und er griff danach, während er weiter seinen Posteingang überflog. »Dr. Randall.«

»Hey, Alex, hier ist Seb.«

Alex konzentrierte sich auf das Gespräch, als er die Stimme des Sheriffs am Telefon hörte. »Hey, Seb. Was gibt's?«

»Wie schnell kannst du ein Team zusammenstellen, um das Grundstück der Paulsons in den Bergen zu durchkämmen?«

Er runzelte die Stirn. »Der Ort, an dem sie all diese Kinder gefangen gehalten haben?«

»Genau der. Nachdem ich eine vollständige Aussage von Mason und von den Kindern bekommen habe, die wir gerettet haben, ganz zu schweigen von all den Informationen, die Anne bereitwillig über ihren Mann und Richter Brandt preisgegeben hat, habe ich Grund zu der Annahme, dass dort oben mehrere Leichen begraben sind. Richter Kovac hat meinen Durchsuchungsbefehl heute Morgen als Erstes unterschrieben.«

»Wir können wahrscheinlich morgen früh rausfahren, wenn wir uns heute vorbereiten. Hast du einen Leichenspürhund? Ich bin mir nicht sicher, ob Katie ein Radargerät hat. Falls nicht, müssen wir vielleicht Denver oder Colorado Springs um Hilfe bitten.«

»Ich habe mich noch nicht nach K-9-Unterstützung umgesehen, aber ich werde es tun. Ich könnte vielleicht einen Hund vom Staat bekommen. Warum findest du nicht heraus, ob es ein Radargerät gibt, und dann sehen wir weiter?«

»Mache ich. Ich habe allerdings eine Frage. Wenn du sagst 'mehrere', hast du eine genauere Zahl?« Er wollte sicherstellen, dass sie genügend Vorräte zur Hand hatten.

»Beste Schätzung, mindestens vier. Die Kinder kamen zu unterschiedlichen Zeiten, wobei Mason am längsten dort war. Aber er sagte, es gab mindestens einen, der vor ihm da war und verschwand, während er gefangen gehalten wurde. Er sagte, er erinnert sich auch an zwei andere, die verschwunden sind. Anne behauptet, Jim habe sich um die meisten Geschäfte mit ihrer Kundschaft gekümmert. Sie sagt, sie war nur da, um bei der Entführung der Kinder zu helfen und sie zu kleiden und zu füttern.«

»Glaubst du ihr?«

»Vielleicht. Als ich mit ihr sprach, war sie mitten im Heroinent-

zug, also war sie ein zappeliges Durcheinander. Ich bin mir nicht sicher, ob sie sich mit Klarheit an viel von dem erinnert, was in diesem Haus vor sich ging. Als ich sie speziell nach Kindern fragte, die verschwanden, bevor sie Mason entführten, sagte sie, es gab ein paar, konnte mir aber keine genaue Zahl nennen. Ich schätze, du suchst nach vier bis sieben, vielleicht acht Leichen. Ich habe versucht, Jim und den Richter dazu zu bringen, mir Details zu geben, aber sie weigerten sich, irgendetwas zu sagen.«

»Jesus. Das ist widerlich.«

»Sag mir was Neues.« Sebs Stimme klang angespannt. »Ich kann es kaum erwarten, bis dieser Fall vor Gericht kommt. Ich werde alle drei mit jeder Anklage, die mir einfällt, belasten.«

»Okay. Lass mich mit meinem Team sprechen, und ich melde mich bei dir zurück.«

»Klingt gut.«

Alex legte auf und seufzte. Er hatte keine Ahnung, wo er so viele Leichen unterbringen sollte, wenn er nur ein Viertel des Labors zur Verfügung hatte. Er blickte auf die Aktenschränke an der Wand. Vielleicht war ein Viertel zu großzügig geschätzt.

Er stand von seinem Schreibtisch auf und verließ sein Büro. Mehr von Katies Team war eingetroffen, und sie waren damit beschäftigt, Dinge zu verschieben, um den Raumfluss zu verbessern. Er entdeckte sein Ziel, über einen Labortisch gebeugt, während sie versuchte, die Steckdose dahinter zu erreichen. Alex versuchte nicht zu starren, als er einen vollen Blick auf ihren straffen Hintern in ihrer Khakijeans bekam. Katie Mitchum mochte ihn die meiste Zeit nerven, aber sie sah umwerfend aus.

Er ging zu ihr hinüber und räusperte sich. Sie blickte zu ihm auf.

»Was jetzt? Schau, ich versuche, mehr Platz zu schaffen, okay?« Sie richtete sich auf, hielt aber immer noch das Stromkabel.

»Es geht nicht darum. Seb hat gerade angerufen. Wir müssen eine Ausgrabung vorbereiten.«

Ihre Stirn runzelte sich neugierig. »Okay, welcher Friedhof?«

»Kein Friedhof. Das Anwesen der Paulsons.«

»Die Menschenhändler?«

Er nickte. »Anscheinend sind dort oben mehrere Kinder begraben.«

Ein finsterer Blick überkam ihr Gesicht. »Ich kann nicht glauben, dass Richter Brandt das Ganze geplant hat. Ich hoffe, er schmort in der Hölle. Wann müssen wir bereit sein?«

»Morgen, wenn möglich.«

Sie biss sich auf die Lippe und schaute sich um. »Ich bin mir nicht sicher, ob das machbar ist, ehrlich gesagt. Ich muss mir ein Radar ausleihen. Meins ist noch in Bestellung.«

»Okay. Was brauchst du noch, was du nicht hast?«

»Das war's. Alles andere, was ich für eine Leichensuche brauchen würde, habe ich bereits ersetzt.«

Er nickte. »Klingt gut. Besorge genug Vorräte und Personal für mindestens acht Leichen. Das ist die Obergrenze, aber wir wollen nicht zu knapp an dem sein, was wir brauchen, sobald wir dort sind. Ich werde ein paar Anrufe tätigen und versuchen, dir dieses Radar zu besorgen. Ich muss auch mit Amanda Pressley von der University of Colorado sprechen. Ich denke, alle unsere Überreste werden skelettiert sein, und ich beschäftige mich nicht nur mit Knochen.«

»Wird erledigt, Chef.« Ihr Mund verzog sich, als sie ihm einen scharfen Salut gab.

Er verdrehte die Augen und nahm ihr das Kabel aus den Fingern, beugte sich über den Tisch, um es einzustecken. »Mach dich an die Arbeit«, sagte er und richtete sich auf. Er drehte sich auf dem Absatz um und ging zurück in sein Büro.

ERSCHÖPFT FIEL KATIE IN DEN STUHL AN IHREM SCHREIBTISCH und schloss die Augen. Es war acht Uhr abends, und sie war seit sieben Uhr morgens bei der Arbeit. Alex hatte das Radar und die forensische Anthropologin besorgt. Beide würden sie morgen früh bei den Paulsons treffen, also waren sie und ihr Team in den Überdrive geschaltet, um alles vorzubereiten.

Ihr Magen knurrte und erinnerte sie daran, dass sie das Abendessen ausfallen ließ und dass das Mittagessen der Proteinriegel war, den sie in ihrer Schreibtischschublade aufbewahrte. Aber sie wollte sich nicht bewegen. Ihre Füße schmerzten und ihr Rücken auch. Sie war erst zweiunddreißig, aber gerade fühlte sie sich eher wie zweiundsechzig.

Das leise Klicken einer sich öffnenden Tür ließ sie die Augen öffnen. Sie drehte sich, um zu beobachten, wie Alex aus seinem Büro trat. Dunkle Stoppeln bedeckten seine Kieferlinie, und sein schokoladenbraunes Haar mit einem Hauch von Silber war zerzaust. Sie biss sich auf die Lippe, während sie ihn gehen sah. Selbst zerknittert war der Mann ein Anblick zum Niederknien. Mit seinen gut einen Meter achtzig bewegte sich der muskulöse Körper des Gerichtsmediziners mit einer raubtierartigen Anmut. Intelligenz sprühte aus seinen hellblauen Augen, und sie wusste, wenn er lächelte, würden sie sich in den Augenwinkeln kräuseln. Sie hatte nie etwas für ältere Männer übrig gehabt, bis sie Alex Randall traf.

Obwohl er nicht so viel älter war als sie. Als er anfing, für den Bezirk zu arbeiten, spähte sie in seine Personalakte, mehr als nur ein wenig neugierig auf den gutaussehenden Arzt, und entdeckte, dass er elf Jahre älter war als sie.

Ihr Stuhl knarrte, als sie sich bewegte, während sie zusah, wie er zur Tür ging. Er hielt inne und blickte zurück.

»Was machst du noch hier? Ich dachte, alle wären weg, außer der Handvoll Nachtschichtmitarbeiter.«

Sie setzte sich auf und rollte zu den Schubladen, die eine Seite ihres Schreibtisches bildeten, und nahm ihre Handtasche heraus. »Sind sie auch. Ich bin geblieben, um ein paar Dinge zu erledigen. Aber jetzt ist es Zeit für mich zu gehen.« Sie nahm ihren Mantel und schlüpfte hinein.

»Ich begleite dich raus.«

»Das musst du nicht. Ich komme schon klar.« Sie wollte wirklich nicht den ganzen Weg zum Mitarbeiterparkplatz mit ihm gehen. Ein Teil des Grundes, warum sie ihn so sehr provozierte, war, um ihn auf Abstand zu halten. Er tat seltsame Dinge mit ihrem Inneren, wenn er zu nahe kam. Oder lächelte.

»Macht mir nichts aus. Wir gehen sowieso in dieselbe Richtung.«

Sie durchsuchte ihr Gehirn nach einem Grund, allein zu

gehen, aber alles, was ihr einfiel, war lahm; er würde sofort durchschauen, was für ein Angsthase sie war.

»Na gut. Aber gib mir nicht die Schuld, wenn du dich im Aufzug über das Knurren meines Bauches ärgerst.« Sie schlang den Riemen ihrer Handtasche über ihren Hals und quer über ihre Brust, dann bewegte sie sich auf ihn und die Tür zu.

»Du hast auch das Abendessen ausfallen lassen?«

Sie blickte überrascht zu ihm auf. »Ja. Du auch?«

Er nickte. »Während du die Ausrüstung vorbereitet hast, habe ich Formulare ausgefüllt. Die Ausgrabung von Leichen in diesem Umfang bedeutet viel Überstunden. Unter anderem. Aber ich bin jetzt fertig und auf dem Weg zu Boone's, um mir einen Burger zu holen.« Er schaute auf sie herab. »Du?«

»Das war auch mein Plan. Einer ihrer Burger mit allem drauf klingt fantastisch.«

»Willst du mitkommen?«

Ihre Augen weiteten sich, und sie duckte den Kopf, drückte den Knopf für den Aufzug, bevor er ihren Gesichtsausdruck erkennen konnte. Hatte er sie gerade wirklich eingeladen, mit ihm außerhalb der Arbeit irgendwohin zu gehen? Nach all dem Ärger, den sie ihm jeden Tag bereitete? Er musste ein Masochist sein.

Sie klebte sich ein Lächeln aufs Gesicht und sah zu ihm auf. »Hast du nicht für heute genug von mir?«

Der Aufzug klingelte, und sie stiegen ein. Er schaute auf sie herab, die Fältchen um seine Augen traten hervor, während sich ein Mundwinkel hob. »Ich habe dich heute kaum gesehen, also habe ich mein Soll noch nicht erfüllt. Ich bin mir sicher, bis wir mit dem Essen fertig sind, bin ich bereit für eine Pause.«

»Dito, Doc. Dito.«

»Also bedeutet das, du kommst mit?«

Sie nickte. »Klar.« Warum nicht? Sie war auch ein Masochist.

Sie fuhren mit dem Aufzug in den ersten Stock und gingen durch die Lobby und einen Korridor hinunter, um das Krankenhaus durch den Hintereingang zu verlassen.

»Ich treffe dich dort«, sagte sie, als sie den Mitarbeiterparkplatz erreichten.

Er nickte und bog in Richtung des Ärztebereichs ab, während sie durch die Reihen von Autos ging, zu dem Ort, wo sie heute Morgen ihren kleinen silbernen SUV geparkt hatte. Es war nicht ihre erste Wahl für ein Auto – das wäre ein Mini Cooper gewesen – aber ein winziges britisches Auto war in den Wintern Colorados in den Bergen überhaupt nicht praktisch. Eines Tages würde sie trotzdem einen kaufen, auch wenn sie ihn nur ein paar Monate im Jahr fahren könnte.

Sie stieg in ihr Auto und warf ihre Handtasche auf den Beifahrersitz, bevor sie den Motor startete. Sie legte den Gang ein, gerade als Alex in seinem deutlich teureren schwarzen SUV auf die Hauptstraße bog. Sie machten eine Handvoll Kurven, bevor sie vor dem kleinen Diner in der Innenstadt anhielten. Sie parkte vorne neben ihm und stieg aus.

Er gesellte sich zu ihr auf dem Bürgersteig, seine Haltung entspannter, jetzt, da sie weg von der Arbeit waren. Sie versuchte, ihn nicht anzustarren. Würde sie einen Blick auf den echten Alex Randall erhaschen? Den nicht-spießigen, den sie ihn mit dem Sheriff hatte sein sehen? Wollte sie diesen Mann sehen? Dem »Boss Alex« zu widerstehen, war schon schwer genug.

Sie richtete den Riemen ihrer Handtasche über ihrer Schulter und folgte ihm in das Restaurant.

ALEX HIELT DIE TÜR FÜR KATIE AUF, ALS SIE DAS DINER betraten. Der Vanilleduft ihres Shampoos überfiel ihn, als sie an ihm vorbeiging. Er kämpfte gegen den Drang an, hinter sie zu treten und seine Nase in ihrem Haar zu vergraben. Wie konnte sie nach dreizehn Stunden Arbeit noch so gut riechen?

Er pflanzte seine Füße fest, ließ etwas Abstand zwischen ihnen entstehen und folgte ihr dann. Er hätte sein Essen einfach zum Mitnehmen bestellen sollen. Was hatte er sich dabei gedacht, mit ihr zu essen? Sie trieb ihn in den Wahnsinn – aus vielen Gründen, nicht zuletzt ihr Wunsch, sein Labor zu leiten.

Es war jetzt zu spät, um seine Meinung zu ändern. Sie war bereits auf halbem Weg durch das Diner. Er folgte ihr zu einer Nische an den Fenstern entlang der Seitenwand und setzte sich. Sie griffen nach den Speisekarten, als eine junge Frau herankam, einen Notizblock und einen Stift in den Händen.

Alex lächelte das Mädchen an, das er von den vielen anderen Malen, die er im Diner gegessen hatte, wiedererkannte.

»Hallo, Becca.«

Sie lächelte zurück. »Hallo, Dr. Randall. Was kann ich Ihnen zu trinken bringen?«

»Eistee, bitte.«

Sie nickte und schaute dann Katie an.

»Das Gleiche bitte.«

»Wissen Sie beide schon, was Sie essen möchten?«

Alex schaute fragend über den Tisch zu Katie.

»Ich möchte nur einen Burger und Pommes. Und einen Schokoladen-Milchshake.«

Er lächelte sie an. »Das klingt wirklich gut.« Er blickte zu dem Mädchen auf. »Ich nehme das Gleiche, aber mach meinen Shake mit Erdbeere.«

Das Mädchen kritzelte ihre Bestellung auf ihren Notizblock. »Okay. Ich bin gleich mit Ihren Getränken zurück.«

Katie legte ihre Speisekarte weg und lehnte sich zurück, dann starrte sie aus dem Fenster und trommelte mit den Fingern auf den Tisch.

»Weißt du, wir arbeiten jetzt über vier Jahre zusammen, und ich glaube, das ist das erste Mal, dass wir außerhalb der Arbeit etwas zusammen unternehmen. Selbst bei kleinen Treffen mit anderen Labormitarbeitern haben wir nie zusammen abgehangen«, sagte Alex und lehnte sich zurück.

Sie zuckte mit den Schultern. »Technisch gesehen bist du mein Chef.«

Er verdrehte die Augen. »Als ob dich das interessieren würde.«

Sie kicherte. »Nun, wenn du die Dinge auf meine Art machen würdest, hätten wir keine Probleme.«

»Wahrscheinlich nicht«, lachte er. »Aber dann hätte ich auch keinen Job mehr.«

Sie verengte ihre Augen, ein neckischer Glanz trat in sie. »Willst du damit sagen, ich bin nicht genug von einem Schleimer?«

Er lachte. »Ja. Ganz genau.«

»Was soll ich sagen?« Sie lehnte sich vor und verschränkte die Arme auf dem Tisch. »Politik war nie mein Ding. Oder Menschen im Allgemeinen. Es gibt einen Grund, warum ich gerne in einem Labor arbeite.«

»Das verstehe ich. Die Toten widersprechen nicht.«

»Hast du je versucht, ein normaler Arzt zu sein?«

Alex nickte. »Im Medizinstudium. Ich ging mit der vollen Absicht hinein, Chirurg zu werden. Es dauerte nicht lange, bis ich nicht nur erkannte, dass ich keine Geduld für, nun ja, Patienten hatte, sondern dass ich die Forensik fesselnd fand. Es war wie ein Puzzle. Die Medizin ist es generell, wirklich, aber die forensische Pathologie ist eines dieser Fünftausend-Teile-Puzzle, die alle schwarz sind. Es gibt nicht viele Anhaltspunkte, nur deine eigene Fähigkeit, Muster und Dinge zu identifizieren, die nicht stimmen.«

»Ja!« Sie hob eine Hand, um mit dem Finger auf ihn zu zeigen. »Genau. Kriminalistiker zu sein, ist genauso. Das ist der beste Teil des Jobs. Herauszufinden, was nicht stimmt und warum.«

»Exakt.«

»Wie bist du also hierher gekommen? Du warst in Salt Lake City. Warum das winzige Silver Gap wählen?«

»Ich komme aus einer Kleinstadt in Oregon. Ich vermisste die Atmosphäre. Außerdem kann ich größtenteils mein eigener Chef sein. Obwohl das bedeutet, dass ich mit dir umgehen muss.«

Sie grinste. »Bist du nicht was Besonderes?«

Becca kam mit ihren Getränken und Shakes und unterbrach sie. »Kann ich Ihnen sonst noch etwas bringen?«

Beide schüttelten den Kopf und öffneten Strohhalme. Alex steckte einen in seinen Shake und nahm einen tiefen Schluck.

»Cool. Ihr Essen sollte bald fertig sein.«

»Danke, Becca«, sagte Katie und steckte ebenfalls einen Strohhalm in ihren Shake. Das Mädchen lächelte und ging weg.

Alex schluckte einen weiteren Mundvoll seines Getränks, die Neugier gewann die Oberhand, während er die Frau ihm gegenüber betrachtete. »Kommst du von hier? Ich habe dich übernommen, als ich anfing, und ich glaube nicht, dass ich je gefragt habe, ob du hier geboren bist.«

Sie schüttelte den Kopf. »Ich bin aus Colorado Springs. Ich habe hier direkt nach meinem Master angefangen zu arbeiten, dann übernahm ich kurz bevor du kamst die Abteilungsleitung, als unser anderer Chef kündigte, um nach Florida zu ziehen.«

Er schüttelte den Kopf. »Weißt du, wenn ich nicht in deine Personalakte geschaut hätte, als ich anfing, hätte ich nicht gewusst, dass du so wenig Erfahrung hattest. Du bist sehr gut in deinem Job.«

Ihr Lächeln war schüchtern, was ihn überraschte. Sie hatte so viel Selbstvertrauen, wenn es um ihren Job ging, es schien seltsam, dass sie es nicht hatte, wenn es um sie selbst ging.

»Danke.«

Er nahm seinen Shake und lehnte sich zurück. »Das ist auch der einzige Grund, warum ich dich nicht gefeuert habe.« Er lächelte um seinen Strohhalm herum und milderte seine Worte ab.

Sie presste ihre Lippen zusammen und starrte ihn an. »Witzig.«

Er grinste.

Sie verdrehte die Augen und nahm noch einen Schluck. »Was denkst du, werden wir morgen finden?«

»Ein Chaos.« Er stellte sein Glas ab. »Ich hoffe nur auf die niedrige Zahl, die Seb mir genannt hat, nämlich vier.«

Katies Mund verzog sich nach unten, und sie schob ihren Shake weg. »Ich weiß, du hast mir gesagt, ich soll mich auf acht vorbereiten, aber ich hoffe wirklich, es werden keine sein.«

»Ja, ich auch. Manche Menschen sind krank.« Er seufzte und nahm seinen Shake wieder auf. »Aber deshalb mache ich, was ich tue. Um die Verdorbenen zur Gerechtigkeit zu bringen und Familien Abschluss zu geben.«

Sie hob ihr Glas. »Hört, hört.«

Alex stieß sein Glas gegen ihres und schluckte einen weiteren Mundvoll des dicken Shakes. Becca kam zu ihrem Tisch und trug zwei Teller mit Burgern und Pommes.

»Hier, bitte schön.« Sie stellte sie ab. »Kann ich Ihnen sonst noch etwas bringen?«

Beide schüttelten den Kopf.

»Ich denke, wir sind erstmal gut versorgt«, sagte Alex.

Das Mädchen gab ihnen einen Daumen hoch. »Okay. Winken Sie mich ran, wenn Sie etwas brauchen.« Sie wirbelte auf dem Absatz herum und ging weg.

Beide hungrig nach dem langen Tag, stürzten sie sich auf ihr Essen, die Unterhaltung verstummte, während sie ihren Hunger stillten. Aber das bedeutete nicht, dass Alex sie nicht studierte, während sie aßen. Sie war ein Rätsel. Die Frau war brillant. Aber sie sah nicht aus wie die typische Intelligenzbestie. Schattierungen von leuchtendem Blau und Lila durchzogen ihr von Natur aus dunkles Haar, und Tattoos färbten ihre Arme. Er war sich sicher, dass es wahrscheinlich andere gab, die er nicht sehen konnte. In ihren Converse-Sneakern und Flanellhemden erinnerte sie ihn an ein Skater-Mädchen. Ein Skater-Mädchen, das bald einen Doktortitel haben würde.

»Wie läuft die Uni?«, fragte er. Sie hatte ihm von ihrem Promotionsprogramm erzählt, brauchte Genehmigung, um an bestimmten Tagen und zu bestimmten Zeiten für Kurse abwesend zu sein, aber er hatte seitdem wenig darüber gehört.

»Es läuft gut. Ich bin fast fertig mit meiner Dissertation.«

Seine Augenbrauen schossen nach oben. »Wirklich? Ich dachte nicht, dass du so nah dran bist, fertig zu sein.«

»Es sind zweieinhalb Jahre her, seit ich angefangen habe, da hoffe ich doch, dass ich fast fertig bin.«

»Es ist wirklich schon so lange her?«

Sie nickte.

Er schüttelte den Kopf. »Es fühlt sich nicht so an. Also, was ist dein Thema?«

»Die Verwendung von CRISPR als Werkzeug für bessere DNA-Übereinstimmung.«

»Tatsächlich?« Das war eine interessante Idee. »Wie genau?«

»Durch die Anwendung bei degradierten Proben, aus denen normale Sequenzierungsmethoden kein Profil erstellen können, weil die Ketten zu beschädigt sind und ihr Zusammensetzen Fehler erzeugt. CRISPR ermöglicht die Genauigkeit beim Zusammenfügen, die anderen Techniken fehlt.«

»Hattest du Erfolg?«

Sie nickte. »Seb hat mir erlaubt, die DNA-Datenbank des Bezirks zu nutzen. Ich habe Fälle zusammengestellt, in denen DNA-Beweise verwendet wurden, um eine Person zu verurteilen, holte mir die Erlaubnis von dem Verurteilten und dem Opfer, wenn eines direkt beteiligt war, und führte die DNA-Tests mit meiner Technik durch. Sie hat die Fälle bestätigt, die eine komplette Übereinstimmung waren, mehrere, die nur teilweise waren, und ich habe zwei andere entlastet.«

»Und das hielt vor Gericht stand?«

»Nein, weil es noch keine zugelassene Technik ist. Aber es gab den Anwälten einen Grund, Berufung einzulegen. Dadurch haben die Polizisten die Fälle wieder aufgenommen und zusätzliche Beweise gefunden.«

Alex lehnte sich zurück und starrte sie an. »Wie konnte ich davon nichts wissen?«

Sie zuckte mit den Schultern. »Ich habe die meiste Arbeit erledigt, nachdem du gegangen bist. Ich bin spät geblieben. Oder ich bin zur Uni gegangen und habe dort daran gearbeitet. Es war getrennt von meinen Pflichten im Labor, also ist es nicht wirklich etwas, wovon du wissen müsstest.«

»Also, all diese späten Nächte, die du Anfang dieses Jahres und letztes Jahr gemacht hast, hast du daran gearbeitet?«

Sie nickte.

Er blickte ein wenig ehrfürchtig über das Restaurant. Sowohl wegen ihrer Idee als auch wegen ihrer Arbeitsmoral. Er schaute zurück zu ihr. »Ich denke, sobald du deinen Doktor hast, werde ich den Bezirksrat bitten müssen, die Forensik aus meinem Zuständigkeitsbereich zu nehmen, verdammt sei deine Abneigung gegen Schleimerei. Du bist wahrscheinlich schon besser qualifiziert, die Entscheidungen für deine Abteilung zu treffen, als ich es bin.«

Sie grinste und steckte sich eine Pommes in den Mund. »Das sage ich dir seit dem ersten Tag.«

»Ja, aber jetzt ist es wahr.«

Katie verengte ihre Augen, aber ihr Lächeln verdarb den Blick. Alex schaute auf seinen Teller und war überrascht zu sehen, dass sein ganzes Essen weg war bis auf ein paar Pommes. Er dachte, er würde ein langes, langweiliges Abendessen vor sich haben, von dem er nicht erwarten konnte wegzukommen. Aber das Gegenteil war der Fall. Er wollte nicht nach Hause gehen.

Becca schlenderte zurück zu ihrem Tisch und riss ihn aus seinen Gedanken.

»Möchtet ihr beiden Nachtisch?«

Katie tätschelte ihren Bauch. »Ich bin satt, also nichts für mich.«

Alex räusperte sich. »Ich verzichte auch.«

Das Mädchen nickte und riss ihre Rechnung vom Notizblock, legte sie umgedreht auf den Tisch. »Ich kann euch an der Theke abkassieren, wenn ihr bereit seid.«

Sie dankten ihr, und sie ging weg. Alex griff nach der Rechnung, seine Hand schloss sich über Katies, als sie es ebenfalls tat. Erschrocken über den Kontakt, sah er zu ihr auf. Sie starrte mit geweiteten Augen zurück.

Er räusperte sich. »Ich übernehme die Rechnung. Du bist schließlich eine kämpfende Doktorandin.« Er machte einen Witz, um die plötzliche Spannung zu vertreiben.

Sie lachte und zog ihre Hand zurück, deutete auf die Rechnung. »Nur zu.« Er nahm sie auf und rutschte zum Rand der Sitzbank. »Bist du bereit zu gehen?«

»Ja.« Sie trank den letzten Rest ihres Shakes und nahm ihre Handtasche, dann rutschte sie aus der Nische.

Er bezahlte für ihr Essen, und sie gingen nach draußen. Vor ihren Autos stehend, nestelte er mit den Schlüsseln in seiner Tasche, plötzlich war es unbeholfen.

»Ich schätze, ich sehe dich morgen früh.« Sie baumelte mit ihren Schlüsseln.

Alex nickte. »Ja. Ähm, hab eine gute Nacht.«

»Werde ich. Du auch.«

Sie standen noch einen Moment länger da, bevor er mit einem Nicken zurücktrat. Als er in sein Auto stieg, schaute er durch das Beifahrerfenster zu ihr hinüber. Das Licht aus dem Inneren ihres Autos beleuchtete ihr Gesicht, als sie einstieg, glänzte auf ihrer Brille und ihrem Haar. Bunte Strähnen fielen über ihre Schulter, als sie die Tür schloss. Sie war so weit von seinem Typ entfernt, aber verdammt, wenn da nicht ein Knoten der Anziehung in seinem Bauch war, nach ihrem gemeinsamen Abendessen. Den Kopf schüttelnd, nicht ganz sicher, was er von dieser plötzlichen Schwärmerei halten sollte, sah er weg und startete sein Auto.

Zwei

Katie warf Alex einen Blick zu, als er in wandertauglicher Kleidung ins Labor kam. Ihre Augen traten fast aus dem Kopf, als sie seine jeansbedeckten Beine und die in Flanell gehüllte Brust musterte. Ein weißes Langarmhemd lugte am Halsausschnitt und an den hochgekrempelten Ärmeln seines Hemdes hervor. Seine Unterarme spannten sich an, als er durch seine Schlüssel blätterte, um den für seine Bürotür zu finden. Er sah aus wie ein Holzfäller. Ein sexy Holzfäller.

Als ihre Füße ohne ihre Erlaubnis einen Schritt in seine Richtung machten, wandte sie den Blick ab und konzentrierte sich darauf, die letzten Gegenstände in die Plastikkiste zu legen, damit einer ihrer Mitarbeiter sie zur Laderampe bringen und in den Forensik-Van stellen konnte. Das Anstarren von Alex müsste warten; sie hatte einen Job zu erledigen.

Nachdem sie die letzten Materialien, die sie für ihren Ausflug brauchen könnten, verstaut hatte, folgte sie ihren Technikern zur Rampe. Sie legten die letzten Kisten hinein und schlossen die Türen. Sie ging um das Fahrzeug herum, um auf den Fahrersitz zu steigen, aber hielt abrupt an, als sie Alex dort stehen sah. Er hielt die Schlüssel des Vans hoch.

»Ich fahre.«

»Was? Nein.« Sie streckte die Hand aus. »Gib mir die Schlüssel. Es ist mein Van.«

»Ich bin dein Chef, schon vergessen?«

Katie verdrehte die Augen. »Jetzt fangen wir wieder damit an? Gestern Abend meintest du noch, ich sollte die Chefin sein.«

»Ja, aber du bist es nicht. Noch nicht.«

Sie schnaubte und stemmte die Hände in die Hüften. »Alex, gib mir einfach die verdammten Schlüssel. Wir verschwenden Zeit.«

»Stimmt.« Er riss die Tür auf und sprang hinein.

Sie starrte ihn an.

Er hob eine Augenbraue. »Steig ein.«

Katie schnaubte erneut und stampfte um die Vorderseite des Fahrzeugs, um auf den Beifahrersitz zu klettern. Sie schnallte sich an, während er den Motor startete.

»Der Rest des Teams folgt uns, ja?«

»Ja. Devin fährt sie in einem der Transportwagen der Grafschaft.«

»Super. Dann lass uns losfahren.« Er legte den Gang ein, während sie schweigend neben ihm schmollte. Sie dachte, sie wären über diesen Chef-Mitarbeiter-Quatsch hinweg.

Sie bogen aus dem Parkplatz und begannen die anderthalbstündige Fahrt in die Berge zum Grundstück der Paulsons. Sie starrte aus dem Fenster und beobachtete die Landschaft, während sie versuchte, Alex in seiner ganzen Holzfäller-Herrlichkeit neben ihr zu ignorieren. Ihre Wut darüber, dass er seinen Rang ausgespielt hatte, half dabei.

Sie wusste nicht, warum es sie so sehr aufregte. Vielleicht, weil sie dachte, sie hätten gestern Abend Neuland betreten, und jetzt war er wieder ihr spießiger Chef.

»Der Kaffee im Getränkehalter ist für dich.« Seine tiefe Stimme durchbrach die Stille.

Sie blickte auf die Konsole zwischen ihnen und sah zwei Kaffeebecher von Peppy Brewster. »Danke«, murmelte sie und schaute wieder aus dem Fenster.

Alex seufzte. »Das wird eine lange Fahrt, wenn du nicht mit mir redest.«

Sie zuckte mit den Schultern. »Ich mag die Landschaft.«

»Klar. Sicher. Ich bekomme die kalte Schulter, weil du die Landschaft magst. Du kannst nicht so sauer sein, weil ich dich nicht fahren lasse.«

Sie sah ihn an. »Darum geht es nicht. Es geht darum, dass du deinen Rang ausgespielt hast. Ich dachte, du siehst mich als Gleichgestellte. Mein Fehler, *Dr. Randall.*«

Er stöhnte und lehnte seinen Kopf gegen den Sitz. »Ich sehe dich als Gleichgestellte. Ich lasse nur nicht gerne jemand anderen mich irgendwohin fahren, also habe ich meinen Rang ausgespielt.«

Sie runzelte die Stirn. »Warum hast du das nicht gleich gesagt?«

»Weil es einfacher ist, es nicht zu erklären.«

Katie grinste, ihr Ärger vergessen, als sie eine Geschichte witterte. »Mach es wieder gut und kläre mich auf.«

Er schnaubte und sah sie an. »Du lässt mich nicht mit nur dieser Erklärung davonkommen, oder?«

»Nein.«

»Na gut.« Er schnaubte erneut. »Ich hatte als Teenager einen üblen Autounfall. Ein Kumpel und ich waren auf dem Weg zu einer Party nach einem Footballspiel. Er bot an zu fahren, obwohl ich selbst fahren wollte. Aber es würde mir etwas Benzingeld sparen, also ließ ich ihn. Er wurde abgelenkt, fummelte am Radio herum und verschätzte sich in einer Kurve. Wir fuhren über eine Böschung und einen Hügel hinunter, bevor wir am Strand zum Stehen kamen. Das Auto landete in der Brandung. Hätten nicht Leute am Strand gefeiert, wäre ich ertrunken. So wie es war, hat mein Freund nicht überlebt.«

Katie keuchte und bedeckte ihren Mund. »Oh mein Gott. Wie schwer warst du verletzt?«

»Gebrochenes Becken und Oberschenkelknochen. Und ich hatte eine schwere Gehirnerschütterung und zwei angeknackste Wirbel. Mein Freund brach sich bei dem Unfall das Genick. Sie sagten, er sei sofort gestorben.« Alex seufzte. »Deshalb lasse ich nicht gerne jemand anderen fahren. Ich denke, wenn ich einen Unfall baue, dann ist es meine eigene Schuld oder etwas, das ich nicht kommen sehen kann.« Er sah sie wieder an. »Bin ich vergeben?«

Sie wedelte mit der Hand. »Ich denke schon.« Ihr Gesichtsausdruck wurde ernster. »Es tut mir leid wegen deines Freundes.«

Alex zuckte mit den Schultern und nickte kurz. »Es ist lange her, aber danke. Also, redest du jetzt mit mir?«

Katie kicherte. »Worüber?«

»Erzähl mir von dir. Wir arbeiten seit vier Jahren zusammen und alles, was ich weiß, ist, dass du gut in deinem Job bist, brillant, und aus Colorado Springs kommst.«

Sie entspannte sich in ihrem Sitz. »Es gibt nicht viel zu erzählen. Ich bin erbärmlich normal aufgewachsen. Meine Eltern waren beide Naturwissenschaftslehrer. Ich habe einen jüngeren Bruder namens Zeke. Er ist tagsüber Ranger und tritt professionell als Kletterer an.«

»Warte. Dein jüngerer Bruder ist Zeke Mitchum?«

Sie nickte. »Du hast von ihm gehört?«

»Ja. Ich klettere ziemlich viel. Er ist ein großer Name in dem Sport. Kletterst du auch?«

»Ein bisschen. Ich bin nicht so fanatisch wie er, aber ich habe meinen Teil dazu beigetragen.«

»Wir sollten mal zusammen gehen. Ich war schon länger nicht mehr draußen und es wäre schön, noch eine Klettertour zu machen, bevor das Wetter umschlägt. Erzähl mir noch etwas. Du hast einmal einen Ex erwähnt.«

Sie blinzelte zweimal, als ihr Gehirn registrierte, dass er irgendwohin mit ihr gehen wollte, dann den abrupten Themenwechsel. »Äh, ja. Ich war für einen kurzen Moment während des Studiums verheiratet. Das erste Mal im Studium«, korrigierte sie. »Jonas war ein Mitstudent in Kriminologie. Wir waren mehrere Monate zusammen und zogen zusammen, als meine Mitbewohnerin zu ihrem Freund zog. Nach einigen Monaten des Zusammenlebens haben wir geheiratet. Es war eine spontane Entscheidung, aber ich merkte schnell, dass er nur meinen Erfolg nutzen wollte. Er war derjenige, der vorschlug zusammenzuziehen - ich hatte die schönere Wohnung. Ich war auch in der Uni viel besser. Er war in Gefahr, rauszufliegen, weil er zu viel feierte. Das hätte ein Warnsignal für mich sein sollen, aber er war süß. Bis zu dem Zeitpunkt, als ich mich scheiden ließ.«

Alex runzelte die Stirn. »Hat er dir wehgetan?«

»Nicht körperlich. Aber er schleuderte mir einige nette Beleidigungen entgegen. Sagte mir, kein Mann würde mich jemals wollen, weil ich wie die tätowierte Schlampe eines Bikers aussehe. Und dass ich jetzt nicht mal mehr ihn hätte, weil er mich auf keinen Fall zurücknehmen würde.«

Er schnaubte verächtlich. »Sein Verlust. Du bist verdammt sexy.«

Katies Augen wurden groß. Eine Röte kroch Alex' Nacken hinauf, und er sah sie von der Seite an.

»Es tut mir leid. Das war nicht angemessen«, sagte er.

Sie presste ihre Lippen zusammen, ihr eigenes Gesicht wurde auch rot. »Du findest mich sexy?«, fragte sie leise.

Er hob eine Augenbraue und sah sie kurz an. »Hast du mal in den Spiegel geschaut?«

Sie errötete stärker. »Bitte. Ich bin nichts Besonderes. Ein Mann wie du, ich bin sicher, du hattest die Wahl unter schönen, kultivierten Frauen.«

»Hatte ich. Und ich denke, du könntest locker mithalten.«

Ein kleiner Schauer durchfuhr sie angesichts der Hitze in seinen Augen. Sie schaute wieder aus dem Fenster und räusperte sich. »Danke.«

Stille umhüllte sie für einen Moment, bevor er sie wieder durchbrach.

»Warum hast du all die Tattoos, wenn ich fragen darf? Ich habe nichts gegen sie; ich bin nur neugierig. Man sieht das nicht oft bei einer Frau. Besonders nicht bei einer so... bücher-versessenen.«

Katie blickte auf ihre Arme und die bunten Kunstwerke, die sie bedeckten. »Ich mag Kunst. Ich zeichne viel in meiner Freizeit.« Sie zuckte mit den Schultern. »Es fühlte sich richtig an, einige davon auf meinen Körper zu setzen. Ich bereue keines von ihnen.«

»Das solltest du auch nicht. Sie sind wunderschön. Noch mehr jetzt, da ich weiß, dass du sie gezeichnet hast.«

Unwohl im Mittelpunkt der Aufmerksamkeit, lenkte sie das Gespräch auf ihn. »Du bist dran. Erzähl mir von dir.«

Er seufzte. »Meine Erziehung ist ähnlich wie deine, außer dass meine Mutter Buchhalterin war und mein Vater eine Werkstatt besaß. Ich habe eine jüngere Schwester. Sie ist Mathelehrerin und mit ihrer Jugendliebe verheiratet.«

»Wolltest du schon immer Arzt werden?«

»Nein. Ich wollte wie mein Vater Mechaniker sein, bis ich diesen Autounfall hatte. Einen Einblick in den Beruf aus nächster Nähe zu bekommen, weckte mein Interesse. Ich begann im nächsten Schuljahr, fortgeschrittene Naturwissen-schaften zu belegen und liebte jede Minute davon.«

»Hmm. Was ist mit Beziehungen? Warst du jemals verheiratet?«

Er schüttelte den Kopf. »Nein. Ich war einmal kurz davor. Ich war etwa ein Jahr verlobt. Sie war auch Ärztin. Aber unsere Zeitpläne stimmten nie überein und wir trieben einfach auseinander.«

Diese Frau war dumm. Alex Randall war ein toller Fang. Wenn er ihr gehören würde, würde sie ihn niemals gehen lassen. Wenn Terminplanung ein Problem wäre, würde sie einen Weg finden, es kein Problem sein zu lassen.

Aber er gehörte ihr nicht und würde es nie. Sie waren kaum Freunde.

ALEX BOG IN DIE EINFAHRT DER PAULSONS EIN UND SCHLÄNGELTE sich durch die Bäume auf die Lichtung um das Haus und die Nebengebäude. Katie starrte durch die Windschutzscheibe auf die unzähligen Polizeifahrzeuge, die bereits vor Ort waren, einschließlich des Sheriffs, Sebastian Archer, und seines stellvertretenden Chefs, Jace Travers. Die beiden Männer standen vor dem SUV des Sheriffs und sahen auf eine Karte, die über der Motorhaube ausgebreitet war. Alex lenkte den Van in ihre Richtung und parkte.

»Machen wir es«, sagte Katie und stieg aus dem Fahrzeug.

Seb und Jace winkten ihnen zu, als sie um die Vorderseite des Vans herumkamen.

»Habt ihr einen Plan?«, fragte Alex mit einem Nicken zur Karte.

»Grundlegende Rastersuche«, antwortete Seb. »Wir werden mit dem Leichenhund auf der einen Seite und Katie mit dem Radargerät auf der anderen Seite beginnen und uns in der Mitte treffen. Du und Dr. Pressley könnt einfach hier warten, während wir das Grundstück durchkämmen, bis wir etwas finden.«

»Amanda ist schon hier?« Alex sah sich um.

Jace zeigte auf zwei dunkelblaue SUVs mit dem Logo der Universität von Colorado. »Sie ist dort drüben mit ihrem Team.«

Alex stieß sie an. »Komm, ich stelle dich vor.«

Sie nickte.

»Fünf Minuten und wir werden loslegen«, sagte Seb. »Die Jungs vom Staat sind auch gerade mit ihrem Hund eingetroffen, also sind wir jetzt startklar.«

»Wir werden es ihr mitteilen«, sagte Alex.

Katie folgte ihm über das Gras zum SUV. Als sie sich näherten, trat eine blonde Frau in engen schwarzen Jeans, Wanderstiefeln und einer Windjacke mit dem Logo der Universität um die Seite des Autos. Katies Schritte stockten. Das war die Knochenärztin? Sie schielte zu Alex.

»Mandy!« Er grinste und hob die Hand zum Gruß.

Die Frau blickte auf, ein strahlendes Lächeln erblühte auf ihrem hübschen Gesicht. »Hey, du. Schön, dass du endlich zu uns stoßen konntest.«

Alex verdrehte die Augen. »Als ob du viel früher hier gewesen wärst als ich.« Er beugte sich vor und gab ihr eine Umarmung.

Katie stand zurück und starrte das Paar an. Als sie sich weiter unterhielten und sie ignorierten, räusperte sie sich.

»Oh!« Alex blickte zurück. »Entschuldigung. Mandy, das ist Katie Mitchum, Leiterin der Forensik. Katie, das ist Amanda Pressley.«

Katie streckte eine Hand aus. »Es freut mich, Sie kennenzulernen, Doktor.«

»Nennen Sie mich bitte Amanda.« Ihre kornblumenblauen Augen funkelten. »Es freut mich auch, Sie kennenzulernen.«

Herrgott, das ist Dr. Barbie. Katie kämpfte dagegen an, mit den Augen zu rollen.

»Seid ihr Leute bereit?«, fragte Alex. »Seb will loslegen.«

Amanda nickte. »Jep.« Sie drehte sich um und pfiff. Zwei Männer und eine Frau schauten auf und begannen, auf sie zuzugehen. »Das ist mein Team. Chelsea, Owen und Dave.«

Katie und Alex stellten sich vor.

»Lass uns nachsehen, wo Seb uns haben will, ja?«, sagte Alex.

Begierig, von der quirligen Blondine und dem dümmlichen Lächeln auf Alex' Gesicht wegzukommen, drehte sie sich auf dem Absatz um und marschierte zurück zum Sheriff und seinem Stellvertreter.

Nachdem sie Anweisungen bekommen hatte, wo sie beginnen sollten, schob Katie Amanda und Alex aus ihren Gedanken und schnappte sich ihren Lieblingstechniker, Devin, um ihr mit dem Radar zu helfen. Alle anderen mussten warten, bis sie etwas gefunden hatten.

Als sie sich dem Waldrand näherte, schaltete sie das Radar ein und nahm einige Messungen vor, um das Gerät zu kalibrieren.

»Alles gut, Katie?«, fragte Jace.

»Jep. Ich überprüfe nur die Einstellungen. Los geht's.« Sie schob das Gerät vorwärts und bewegte sich in einem langsamen, aber gleichmäßigen Tempo.

Bald konzentrierte sich Katie voll auf ihre Arbeit und verdrängte alle anderen Gedanken, während sie ging und den Monitor beobachtete. Sie wollte den hier begrabenen Kindern Gerechtigkeit widerfahren lassen; sie verdienten ihre volle Aufmerksamkeit. Nach zwei Stunden Gehen erschien das Bild, das sie befürchtet hatte, auf dem Bildschirm.

»Jace.« Sie blieb stehen und sah zu dem Deputy hinüber, auf den Monitor deutend.

Sein Mund wurde flach und verzog sich nach unten, als er das kleine Skelett auf dem Bildschirm betrachtete. »Verdammt.« Er hob sein Funkgerät und rief Seb und die beiden Ärzte zu ihnen.

Katie steckte eine Fahne neben dem Radar in den Boden und untersuchte die Umgebung. Mehrere Stellen mit neuem Wachstum fielen ihr auf. Sie ging zur nächstgelegenen.

»Katie?«

Sie zeigte auf den Bereich, der mehrere kleine Schösslinge hervorbrachte. »Siehst du das neue Wachstum?«

Er nickte und sah sich um, bemerkte, was sie vorher nicht gesehen hatten. »Da gibt es mehr als eine Stelle.«

»Jep.« Sie manövrierte das Gerät zwischen die Schösslinge und ein weiterer Körper erschien auf ihrem Bildschirm. Sie seufzte und sah Jace an. »Hol den K-9 von seinem aktuellen Standort. Ich glaube, wir haben das Gräberfeld gefunden.«

Mit grimmigem Gesichtsausdruck nickte Jace und hob erneut sein Funkgerät.

Kies knirschte unter Alex' Stiefeln, als er zum Forensik-Van ging. Er war todmüde. Und am Verhungern. Die Lunchpakete, die sie mitgebracht hatten, waren lange her.

Er ging zur Fahrertür und griff nach dem Griff, hielt aber inne, als er Katie hinter dem Steuer sitzen sah. Mit gerunzelter Stirn klopfte er mit den Knöcheln ans Fenster. Es rollte herunter und sie schenkte ihm ein süßes Lächeln.

»Ja?«

»Wir haben darüber auf dem Weg hierher gesprochen. Steig aus, damit ich fahren kann.«

Sie sah ihn über den Rand ihrer Brille an. »Trau dich aus deiner Komfortzone, Alex. Steig ein.«

»Katie...«

Sie grinste und rollte das Fenster hoch.

Alex knurrte und wirbelte herum, ging um die Vorderseite des Vans, um auf den Beifahrersitz zu steigen. Er schlug die Tür zu und schaute finster.

»Oh, muntere dich auf«, sagte sie und startete den Motor. »Du kannst auf dem Rückweg ein Nickerchen machen.«

»Ich will kein Nickerchen machen. Ich will fahren.« Er schnallte sich an und versuchte, sich in den Sitz zu setzen.

»Wirst du den ganzen Weg über so mürrisch sein?«

Er zuckte mit den Schultern. »Ich hoffe, du bist bereit für einen Beifahrer-Fahrer.«

Sie hob eine Augenbraue. »Du wirst ernsthaft den ganzen Weg über mein Fahren kommentieren? Wir wissen beide, wie gut ich mit Anweisungen umgehe.«

Er blitzte ein Lächeln. »Dann lass mich fahren.«

»Netter Versuch«, sagte sie mit einem Lachen. Sie legte den Gang ein und fuhr hinter Sebs Fahrzeug die Einfahrt hinunter.

Alex umklammerte die mittlere Armlehne mit einer Hand, seine Knöchel wurden weiß. Vielleicht sollte er einfach die Augen schließen, wie sie vorgeschlagen hatte. Er legte seinen Kopf gegen die Kopfstütze und tat genau das. Der Van holperte über eine Vertiefung in der Einfahrt.

Nein, das war schlimmer. Seine Augen schnappten auf und er setzte sich auf.

»Tut mir leid«, murmelte Katie. »Diese Einfahrt ist nicht im besten Zustand.«

»War mir nicht aufgefallen«, sagte er durch zusammengebissene Zähne.

Sie sah ihn an und seufzte dann. »Gut.« Sie hielt an.

»Was?«

»Du kannst fahren.« Sie löste ihren Sicherheitsgurt und öffnete ihre Tür.

Ein bisschen verwirrt, aber nicht bereit zu diskutieren, stieg er aus und tauschte mit ihr die Position.

»Fühlst du dich besser?«, fragte sie, als er den Gang einlegte.

»Viel besser. Danke.«

Katie verschränkte die Arme und schloss die Augen.

»Warum hast du deine Meinung geändert?«

»Weil ich dachte, du könntest einen Herzinfarkt bekommen, bevor wir zurück sind, wenn ich es nicht tue. Du bist fast durch die Decke gegangen, als ich in dieses Schlagloch fuhr.«

Er seufzte. »Ich weiß, dass es etwas ist, an dem ich arbeiten muss, aber normalerweise ist es kein Problem.« Er sah sie mit einem Blick an.

Ein Mundwinkel hob sich, aber ihre Augen blieben geschlossen.

Alex stieß einen Atemzug aus und schüttelte den Kopf. Sie wusste wirklich, wie sie ihn auf die Palme bringen konnte.

»Wirst du jetzt einschlafen, da du nicht fährst?«

»Vielleicht. Willst du, dass ich wach bleibe?«

»Nein. Schlaf, wenn du willst. Du hattest einen langen Tag.« Sie hatten sechs Leichen in derselben Gegend gefunden und brachten heute zwei mit zurück. Sie mussten den Rest des

Grundstücks noch durchkämmen, aber er hoffte, dass es nur eine Begräbnisstätte gab.

»Du auch. Du *und* Dr. Pressley.« Sie öffnete ihre Augen. »Apropos, wir müssen bei unserer Rückkehr mehr Platz schaffen, damit sie sich morgen ausbreiten kann.«

»Oh, also schaffst du Platz für Mandy, aber nicht für mich? Ich sehe schon, wie es läuft.« Ein Lächeln umspielte seinen Mund.

Katie lächelte zurück. »Ich kenne sie nicht so gut, also will ich nicht die Wogen schaukeln. Und warum nennst du sie Mandy, wenn sie sich als Amanda vorgestellt hat?«

»Ich kenne sie seit mehreren Jahren. Da wir beide in der Forensik tätig sind, kreuzen sich unsere Wege gelegentlich bei Konferenzen. Und wir sind vielleicht ein paar Mal ausge-gangen im Laufe der Jahre«, gab er zu.

»Ausgegangen?«

»Ja, Dates.«

»Das ist alles?«

»Ja.« Er sah sie mit gerunzelter Stirn an. »Warum bist du so neugierig? Eifersüchtig?«

Sie schnaubte und verschränkte die Arme. »Nein.«

Selbst im schwachen Licht der Armaturenbeleuchtung konnte Alex erkennen, dass sie errötete. Es machte ihm nichts aus, dass sie eifersüchtig war. Sie trieb ihn vielleicht mit ihrem Wunsch, das Labor nach ihren Vorstellungen zu leiten, in den Wahnsinn, aber er fand sie brillant und faszinierend. Ganz zu schweigen von sexy. Umso mehr jetzt, da er sich bemühte, sie kennenzulernen.

»Warum ist es nicht mehr?« Ihre Stimme war leise, kaum hörbar über dem Brummen der Reifen auf der Straße.

Alex zuckte mit den Schultern. »Wahrscheinlich aus dem gleichen Grund, warum meine Verlobung scheiterte. Zeitliche Einschränkungen. Und wir leben in verschiedenen Städten.«

»Denver ist nicht so weit weg. Ihr könntet dazwischen leben.«

»Das ist trotzdem eine Stunde in jede Richtung bei gutem Wetter. Ich mag Mandy, aber wir sind besser als Freunde.«

»Warum?«

»Sie ist nicht wirklich an etwas Langfristigem interessiert. Ich schon.«

»Aber wenn sie es wäre?«

Er zuckte wieder mit den Schultern. »Vielleicht. Aber sie wird ihre Meinung nicht ändern, und ich kann mir nicht vorstellen, dass einer von uns für den anderen umziehen möchte, also ist es ein strittiger Punkt.«

Katie summte und schloss wieder die Augen. »Nun, ich denke, ihr seid ein süßes Paar. Du solltest daran arbeiten.«

Alex verdrehte die Augen. »Ich werde mich gleich darum kümmern, danke.«

Ihr Mund verzog sich. »Braver Junge.«

Er konnte nicht anders und lachte.

»Schhhh. Ich versuche zu schlafen.« Sie wedelte mit einer Hand in seine Richtung und kämpfte gegen ein Grinsen.

»Mmm-hmm.« Er schüttelte den Kopf, lächelnd, blieb aber still. Die Ruhe im Van war angenehm im Vergleich zum hektischen Tempo ihres Tages. Ganz zu schweigen von dem Herzschmerz. Einige dieser Skelette waren ziemlich klein. Er konnte sich nicht vorstellen, wie verdorben jemand sein musste, um ein Kind zu vergewaltigen und zu ermorden. Er,

Amanda und Katie würden alles tun, was sie konnten, um diesen Kindern Gerechtigkeit widerfahren zu lassen.

KAPITEL
Drei

Alex stupste Katie wach, während er den Lieferwagen abstellte. »Hey. Wir sind zurück.«

Sie atmete tief ein und streckte sich. »Oh. Ich bin wirklich eingeschlafen.«

»Bist du. Jetzt bin ich doppelt froh, dass du mich hast fahren lassen.«

Sie verdrehte die Augen und löste ihren Sicherheitsgurt, während sie am Türgriff zog, um auszusteigen. »Ich wäre problemlos wach geblieben, wenn ich gefahren wäre.«

»Vielleicht.« Er stieß seine eigene Tür auf und stieg aus.

Ein weiteres Paar Scheinwerfer erhellte den Parkplatz, als Devin einfuhr. Er parkte neben dem Lieferwagen, und die forensischen Techniker strömten heraus, gähnend und stöhnend über ihre Steifheit.

Katie klatschte in die Hände. »Lasst uns alles ausladen, damit wir alle nach Hause gehen und etwas schlafen können.«

Zwei weitere Fahrzeuge fuhren ein, mit Dr. Pressley und

ihrem Team. Ihr Auto war kaum geparkt, da sprang sie schon heraus und eilte zum forensischen Transporter.

»Seid vorsichtig! Wir wollen keine Schäden an den Knochen verursachen.«

Alex runzelte die Stirn, während er das forensische Team betrachtete. Sie machten ihre Arbeit gut. Sie hatten die Überreste noch nicht einmal berührt.

Katie trat vor. »Mein Team weiß, was es tut, Amanda.«

Die andere Frau runzelte die Stirn, nickte aber. »Da bin ich sicher. Ich wollte sie nur zur Vorsicht mahnen. Schäden könnten es schwierig machen, die Todesursache zu bestimmen.«

»Das ist uns bewusst«, sagte Alex und trat vor. Er mochte ihren Ton nicht. »Hast du ein Problem mit der Arbeitsweise meiner Leute?«

Amanda lächelte, ihr Gesichtsausdruck gezwungen. »Natürlich nicht, Alex. Es war ein langer Tag. Wie wäre es, wenn mein Team euch hilft?« Sie ging um ihn herum und gab ihren Technikern ein Zeichen, bevor er etwas sagen konnte.

Er drehte sich um, sie zu beobachten, und fragte sich, warum sie sich so seltsam verhielt.

»Was ist ihr Problem? Am Fundort war sie ganz munter.«

»Ich bin mir nicht sicher. Ich weiß nicht, was mit ihr los ist. Normalerweise ist sie nicht so-«

»Schrill?«

»Ja.«

Sie schaute zu ihm auf, und er blickte hinunter, um ihren Blick zu erwidern. »Nun, du solltest sie vielleicht darauf hinweisen, nett zu meinem Team zu sein. Es mag zwar dein

Labor sein, aber das sind meine Leute. Ich werde nicht dulden, dass sie unhöflich oder diktatorisch zu ihnen ist. Ich werde ihren Arsch rauswerfen, Fall hin oder her. Sie ist nicht die einzige forensische Anthropologin in den westlichen Bundesstaaten.«

»Verstanden. Ich werde mit ihr reden. Vielleicht ist sie wirklich nur müde.«

»Hmm. Vielleicht.« Sie warf ihm einen letzten Blick zu, bevor sie davonschlenderte, um ihrem Team zu helfen.

Alex seufzte und rieb sich mit den Händen übers Gesicht. Wie kam er nur dazu, zwei schwierige Frauen in seinem Labor zu haben?

KATIE BEHIELT AMANDA IM AUGE, WÄHREND SIE DEN Lieferwagen entluden. Die Ärztin stand abseits und beobachtete sie alle bei der Arbeit, wobei sie gelegentlich einen »Vorschlag« machte. Nachdem sie zum dritten Mal einem ihrer Techniker gesagt hatte, wie er seinen Job zu machen hatte, beschloss Katie, dass sie genug hatte.

»Wie wäre es, wenn du hilfst, anstatt alles zu mikromanagen?« Sie drückte der Frau eine Plastikkiste voller Erdproben in die Hand.

»Oh!« Amanda versuchte hastig, einen besseren Griff zu bekommen, als Katie losließ und wegtrat. »Nun, das war unhöflich.«

»Nicht unhöflicher als du zu meinem Team warst. Hör auf, ihnen zu sagen, wie sie ihre Arbeit machen sollen. Ich habe die Besten ausgewählt und sie zu noch Besseren ausgebildet. Sie wissen, was sie tun.«

Amanda schnaubte, ihr Gesicht angespannt, aber sie ging wortlos durch die Tür an der Laderampe.

Ja, dieser Fall würde ein Riesenspaß werden, dachte Katie und folgte ihr mit einer weiteren Kiste nach drinnen. Sie stapelte ihre Box neben Amandas auf einen Wagen und ging wieder nach draußen, um eine weitere zu holen. Sobald sie alle Beweise entladen hatten, konnten sie sich endlich den beiden Leichen widmen, die sie aus ihren flachen Gräbern geborgen hatten.

Katie sprang in den Lieferwagen, Alex hinter ihr, und griff nach dem ersten Leichensack auf den Regalen an den Wänden. Sie löste die Gurte, die ihn festhielten, und schob ihn zum Rand des Regals. Der Lieferwagen wackelte, als Amanda einstieg.

»Vorsicht!«

Sie ließ den Sack los und starrte die andere Frau wütend an. »Okay. Was ist dein Problem?«

»Nichts. Ich will nur keine Schäden sehen.«

»Warum bist du so sicher, dass ich die Überreste beschädigen werde?«

Amanda biss sich auf die Lippe und winkte ab. »Du bist, nun-« Sie brach ab und zuckte mit den Schultern.

Katie verengte ihre Augen und begann, ein klareres Bild davon zu bekommen, was vor sich ging. »Ich bin was? Und überlege dir gut, was du sagst. Ich bin müde, hungrig und zu hundert Prozent fertig mit diesem Tag.«

»Mandy, hast du ein Problem mit Katie?«

Die andere Frau verschränkte die Arme und zuckte wieder mit den Schultern. »Ich meine, schau sie dir an, Alex. Wie gut kann jemand wie sie sein?«

Die Worte ihres Ex-Freundes schossen durch Katies Kopf, und zu ihrem Entsetzen spürte sie Tränen in ihren Augen. Sie tat ihr Bestes, um die Fassung zu bewahren, und schenkte der anderen Frau ein angespanntes Lächeln. »Nun, ich denke, ich bin hier fertig.« Sie sah Alex an. »Ich denke, Dr. Elitär kann jetzt übernehmen.« Sie drängte sich an ihm vorbei und sprang aus dem Lieferwagen.

»Katie.«

Sie drehte sich nicht um, als Alex sie rief. Stattdessen stieß sie einen scharfen Pfiff aus, um ihr Team zu signalisieren. Mehrere Köpfe drehten sich in ihre Richtung.

»Mein Team, geht nach Hause. Dr. Pressleys Mannschaft übernimmt.« Sie marschierte an mehreren verdutzten Gesichtern vorbei ins Gebäude.

»Katie, warte!«

Alex' Stiefel dröhnten über den Asphalt, aber sie verlangsamte ihr Tempo nicht und drehte sich nicht um. Ob es Müdigkeit oder die emotionale Achterbahnfahrt war, sechs tote Kinder zu finden, oder eine Kombination aus beidem, Amandas Pressleys Bemerkungen hatten den letzten Faden, der ihre Emotionen zusammenhielt, zerrissen. Sie war fertig.

Eine feste Hand ergriff ihren Arm.

»Lass mich los, Alex.« Sie hielt ihre Augen auf den obersten Knopf seines Hemdes gerichtet, wissend, dass sie, wenn sie ihn ansehen würde, ihre Emotionen nicht mehr zurückhalten könnte. Er trieb sie in den Wahnsinn, aber sie vertraute ihm. Diese Verbindung wäre alles, was nötig wäre, um den Korken auf ihre Tränen zu ziehen.

»Nein. Lauf nicht weg. Ich werde mich um Amanda kümmern und klarstellen, dass sie sehr falsch liegt. Ich brauche- will, dass du bleibst.«

Sie sah ihn dann an und hörte die sanftere Qualität in seiner Stimme. Seine tiefblauen Augen beobachteten sie, ein zärtlicher und flehender Ausdruck auf seinem Gesicht.

»Bitte bleib?«

Katie seufzte. »In Ordnung. Aber sie muss mir aus dem Weg gehen. Wenn sie damit nicht umgehen kann – mit mir nicht umgehen kann – kann sie sich von diesem Fall zurückziehen. Ich meinte, was ich sagte. Es gibt andere forensische Anthropologen, die wir zur Hilfe rufen können.«

»Ich weiß, und ich werde das überdeutlich klarmachen. Ich bin nicht sicher, was los ist.«

Sie brummte und ging an ihm vorbei. »Komm schon. Ich will nur all diese Beweise drinnen verstauen und nach Hause gehen.«

Als sie nach draußen trat, kam ihr Assistent Devin auf sie zu. »Katie? Willst du wirklich, dass wir alle gehen? Es gibt noch viel zu tun.«

Sie schüttelte den Kopf. »Nein. Es war nur ein Missverständnis. Machen wir weiter.«

Er nickte und gab dem Rest des Teams ein Zeichen. Sie folgten ihr zurück zum Einsatzfahrzeug. Sie kletterte wieder hinein zu Amanda, die bei einer der Leichen stand, sich über sie beugte und in den Leichensack spähte.

»Was machst du da?« fragte Katie.

Die andere Frau richtete sich auf und drehte sich um. »Nichts. Ich warte nur auf Hilfe.«

Katie verengte ihre Augen. »Und du hast dich einfach entschieden, in den Leichensack zu schauen, während du wartest?«

Amanda spielte nervös mit dem Reißverschluss, zog ihn zu, ihre Augen überall hin schauend, nur nicht auf Katie. »Ich beginne nur frühzeitig mit meiner Untersuchung. Können wir bitte wieder an die Arbeit gehen?«

Katie starrte sie einen Moment lang an. Etwas an ihrer Erklärung fühlte sich merkwürdig an. Sie nahm sich vor, mit Seb über die hübsche Ärztin zu sprechen, ließ es aber vorerst auf sich beruhen. »Klar. Wirst du aufhören, mich wie eine Verbrecherin zu behandeln?«

Amandas Rückgrat straffte sich und ihre Augen wurden kieselhart. »In Ordnung.«

»Gut. Ich bin froh, dass wir uns verstehen. Nimm das Ende.« Sie zeigte auf den Leichensack und griff dann nach dem Ende, das ihr am nächsten war. Mit Amandas Hilfe schoben sie die Leiche vom Regal und gingen rückwärts aus dem Lieferwagen, um sie auf eine Bahre zu legen, die eines von Katies Teammitgliedern herausgebracht hatte. Alex und Devin stiegen nach ihnen ein, um die nächste zu holen, und legten sie auf eine zweite Bahre. Sie rollten alles hinein, wo Alex sie in den Kühlraum der Leichenhalle brachte. Ihre Techniker folgten mit den Wagen voller Beweise vom Tatort. Als alles im Labor war, gab es kaum Platz zum Bewegen.

»Wir müssen etwas dagegen tun«, murmelte Alex ihr zu.

»Ja. Morgen. Wir werden morgen etwas dagegen tun. Oder übermorgen, da wir morgen früh wieder auf dem Grundstück sein müssen.« Sie rieb sich das Gesicht und strich sich mit einem Seufzer die Haare zurück. »Ich denke, das ist alles. Lass uns nach Hause gehen.«

»Diese Idee gefällt mir.« Alex rollte seinen Kopf. »Danke für eure harte Arbeit, alle zusammen«, sagte er mit erhobener Stimme. »Geht nach Hause und ruht euch aus.«

Katies Team winkte und verließ den Raum, so dass sie mit Amanda und ihrer Crew zurückblieben.

»Fahrt ihr zurück nach Denver?« fragte Alex sie.

Amanda schüttelte den Kopf. »Nein. Wir bleiben in diesem Bed-and-Breakfast direkt außerhalb der Stadt. The Lilac Inn.«

»Die Frau des Sheriffs betreibt diesen Ort. Es wird euch gefallen«, sagte Katie.

»Solange es ein Bett und eine heiße Dusche hat, ist mir das egal«, spottete Chelsea. »Sind wir bereit zu gehen, Dr. Pressley?«

Amandas Augen schweiften für eine Sekunde zum Kühlschrank, aber sie nickte. »Ja. Lasst uns etwas ausruhen.«

»Wir begleiten euch nach draußen«, sagte Alex und machte einen Schritt Richtung Tür.

Katies Hand schoss hervor, um seinen Arm zu berühren. Er sah sie an. »Könnte ich dich kurz sprechen?«

Seine Stirn runzelte sich, aber er nickte, bevor er Amanda ansah. »Wir sehen euch morgen.«

Sie lächelte sie an, aber Katie ließ sich nicht täuschen. Es war erzwungen. Da ging etwas Merkwürdiges vor.

»Gute Nacht«, murmelte Amanda und folgte ihrem Team zur Tür hinaus.

Katie wirbelte herum, um zu Alex aufzublicken, sobald die Tür zischend zuging. »Wir müssen sie genau im Auge behalten, wenn sie mit den Leichen und Beweisen umgeht.«

Er runzelte die Stirn und sah auf sie herab. »Was? Warum?«

»Nachdem ich zugestimmt hatte zu bleiben und zum Wagen zurückging, erwischte ich sie dabei, wie sie in einen der Leichensäcke schaute.«

Sein Stirnrunzeln vertiefte sich. »Warum würde sie in einen der Säcke schauen, während sie noch im Wagen waren?«

»Das ist eine gute Frage. Ich fragte sie, was sie tat, und sie sagte, sie würde nur mit ihrer Untersuchung beginnen.«

»Was? Das ergibt keinen Sinn.«

»Nein, tut es nicht, weshalb wir bei ihr sein müssen, wenn sie mit den Beweisen umgeht. Ich weiß, sie ist deine Freundin, aber ich vertraue ihr nicht. Sie hat etwas vor. Ich werde Seb bitten, ihre Vergangenheit zu überprüfen. Um zu sehen, ob sie irgendwie mit diesem Fall verbunden ist.«

Er stieß einen Atemzug aus und fuhr mit einer Hand durch sein Haar. »Ich bezweifle sehr, dass sie in irgendetwas Illegales verwickelt ist. Dieser Fall geht ihr wahrscheinlich einfach nahe, wie uns anderen auch.«

Katie verzog die Lippen und starrte auf die Tür. »Vielleicht. Aber wir werfen keine heimlichen Blicke in einen Leichensack und behandeln unsere Kollegen nicht wie Verbrecher.«

Alex seufzte erneut. »Ich bin sicher, es gibt eine logische Erklärung. Können wir jetzt einfach essen gehen und nach Hause fahren?«

Sie warf ihm einen scharfen Blick zu. »Du willst wieder mit mir essen gehen?«

»Du weißt, dass wir beide zu Boone's gehen, also warum nicht?«

»Vielleicht will ich meins zum Mitnehmen.«

»Willst du das?«

Nicht, wenn es bedeutete, auf die Gelegenheit zu verzichten, ihm wieder gegenüber zu sitzen. Aber sie wollte auch wirklich nur in ihrer Badewanne versinken, mit einem Stück Pizza und einem Glas Wein.

»Wie wäre es mit einem Kompromiss? Heute verlangt nach Wein und Komfortessen. Ich möchte wirklich Pizza. Wie wäre es, wenn wir uns eine teilen?«

»Wo? Es gibt keine Pizzerien in der Stadt, in denen man sitzen kann. Alles ist zum Mitnehmen.«

»Äh, hier?«

Er schüttelte den Kopf. »Wir können keinen Alkohol haben. Und ich brauche einen starken Drink.«

»Ich auch. Okay. Dann bei einem von unseren Häusern? Ich glaube, meins ist am nächsten.«

Alex neigte seinen Kopf und starrte auf sie herab. »Bist du sicher? Ich meine, ich weiß, wir haben gestern beim Abendessen bei Boone's einige Barrieren abgebaut, aber wir sind nicht gerade Freunde.«

Katie zuckte mit den Schultern und spielte mit den Enden ihrer Haare, die über ihre Schulter fielen. »Vielleicht nicht, aber ich will noch nicht allein sein, und du verstehst es.« Es war die einzige Erklärung, die ihr einfiel für ihren plötzlichen Wunsch, ihren gesunden Menschenverstand zu überstimmen. Alex Randall nahe zu kommen, wäre nicht gesund für ihr emotionales Wohlbefinden, aber es gelang ihr nicht, sich darum zu kümmern. Er verstand, was sie jetzt fühlte. Sie brauchte das, um die Bilder dieser winzigen, skelettierten Körper in ihren flachen Gräbern aus ihrem Kopf zu verbannen.

Er richtete sich auf, Verständnis breitete sich auf seinem gutaussehenden Gesicht aus, und nickte. »Okay. Ich hole die Pizza, wenn du den Wein besorgen würdest? Oder Bier? Ich bin nicht wirklich wählerisch.«

»Bier passt besser zu Pizza.« Es stieg ihr auch nicht so schnell zu Kopf. Sie würde den Wein für später aufsparen, wenn sie in eine Wanne voller Schaum sinken würde, nachdem er gegangen war.

»Klingt gut. Was willst du auf deiner Pizza?«

»Was auch immer du willst, ist in Ordnung. Ich esse fast alles.« Sie zeigte mit dem Finger auf ihn. »Außer Ananas oder Sardellen.«

Er grinste. »Wie klingt Pepperoni und Wurst?«

»Perfekt.«

Alex nahm sein Handy aus der Tasche. »Ich werde anrufen.«

»Ich hole das Bier und sehe dich bei mir zu Hause. Weißt du, wo ich wohne?«

»Die allgemeine Gegend, aber nicht die Adresse.«

Sie ratterte sie herunter, während sie zu den Türen zurückging. »Stell sicher, dass du den Leuten der Nachtschicht sagst, dass sie ein Auge auf die Dinge haben sollen. Nur für den Fall, dass Dr. Pressley beschließt, dass sie einen weiteren Vorsprung bei ihren Autopsien haben möchte.«

Er runzelte die Stirn, nickte aber. »Ich glaube immer noch, dass du Dinge siehst, die nicht da sind, aber ich werde ihnen sagen, dass sie wachsam bleiben sollen.«

»Danke.« Sie winkte und ging hinaus. Als die Tür hinter ihr zufiel, konnte sie nicht anders, als sich zu fragen, was sie gerade getan hatte. Mit Alex in einem öffentlichen Diner nach der Arbeit zu sein, hatte ihre Willenskraft auf die Probe gestellt. Was würde es mit ihr machen, ihn in ihrem Haus zu haben?

～

ALEX HOB SEINE FLASCHE AN UND TRANK DAS LETZTE BIER AUS, während er in Katies Wohnzimmer herumlief und sich all ihre ausgestellten Kunstwerke ansah. Bleistiftskizzen säumten die Wände, einige davon in Farbe, aber die meisten in Schwarz-Weiß. Sie umfassten ein breites Themenspektrum. Sie hatte alles gezeichnet, von einer Eulenfeder bis hin zu Porträts ihrer Familie und der Bergkette, die Silver Gap umgab.

»Warum bist du in die Forensik gegangen? Warum nicht Kunst?« Er deutete auf die gerahmten Zeichnungen.

Sie schlenderte herüber, um neben ihm zu stehen, und betrachtete die Skizzen. »Es steckt wenig Geld darin. Ich müsste jeden Monat viele davon produzieren – und verkaufen – um das zu verdienen, was ich jetzt verdiene. Ich bezweifle, dass meine Arbeiten so schnell weggehen würden. Außerdem mag ich Forensik. Ich helfe gern Menschen.«

»Nun, wenn du schon ein Hobby haben musst, ist es wohl ein gutes.« Er sah zu ihr hinunter. »Du bist sehr talentiert.«

Sie errötete und schaute weg. »Danke.«

Da war wieder diese Unsicherheit, bemerkte er. Er fragte sich, was sie verursachte. Sie hatte keinen Grund, unsicher zu sein; sie war sowohl brillant als auch talentiert.

»Du solltest einige davon im Labor aufhängen.« Ihm kam eine Idee. »Sag mal, könntest du eine medizinisch thematisierte Reihe für mein Büro machen?«

Sie blickte zu ihm auf, ihre Augen vor Überraschung geweitet. »Du willst meine Zeichnungen in deinem Büro aufhängen?«

»Ja, natürlich. Sie sind erstaunlich.«

Ihre Augen wanderten zwischen ihm und der Wand mit Kunst hin und her, dann zurück. »Sie sind okay, aber ich würde sie nicht als erstaunlich bezeichnen.«

»Im Ernst?« Er runzelte die Stirn, als er auf sie hinunter-blickte. »Katie, ich weiß nicht, woher diese fehlgeleitete Vorstellung kommt, die du von deiner Kunst hast, aber du liegst völlig falsch.«

Sie schaute noch einmal auf die Skizzen, ihr Kopf neigte sich, als sie sie einen Moment lang durch seine Augen betrachtete, bevor sie mit den Schultern zuckte. »Wenn du meinst. Ich zeichne gerne etwas für dich, wenn du willst.«

»Das will ich.«

Katie ging zum Sofa und setzte sich, wobei sie ein Skizzen-buch vom Couchtisch nahm. Sie klopfte auf das Kissen neben ihr. »Komm und sag mir, was du willst.«

»Du willst sie jetzt machen?« Er ging hinüber und setzte sich, stützte seine Ellenbogen auf seine Knie. Er rollte seine leere Flasche in seinen Händen, während er zusah, wie sie zu einer leeren Seite blätterte.

»Ich kann anfangen. Es wird aber mehr als einen Abend dauern, bis sie richtig sind.« Sie sah zu ihm auf, ihre Brille rutschte ihre Nase hinunter.

Verdammt, sie sah süß aus, wie sie so dasaß. Ganz sexy-bibliothekarisch. Er atmete tief durch die Nase ein, um seinen Kopf zu klären, und richtete seinen Blick auf das Papier. »Kannst du eine anatomische Skizze machen? Wie vom Herzen oder Gehirn oder so?«

Sie nickte. »Lass uns das Herz nehmen.« Mit schnellen Stri-chen umriss sie ein Herz auf der Seite, blätterte dann zur nächsten und blickte mit einer Frage in ihren hübschen hasel-nussbraunen Augen zu ihm auf.

»Medizinische Instrumente?«

Wortlos entwarf sie eine Gruppe aus einem Skalpell, einem Stethoskop und einigen Klemmen.

»Ich habe wahrscheinlich genug Wandplatz für vier Zeichnungen. Wie wäre es mit einem Skelett auf einer und dem Äskulapstab für die vierte?« sagte er und erwähnte das universelle Symbol der Medizin.

Sie nickte. »Das würde gut aussehen«, sagte sie und zeichnete weiter, während sie redete. »Wenn du sie zu zweien gruppierst, wird es die Instrumente gut ausbalancieren.«

Er lehnte sich zurück und beobachtete, wie sie skizzierte. Sie war wie eine andere Frau, wenn sie in ihre Kunst vertieft war. Es lag eine Sanftheit in ihr, die fehlte, wenn sie im Labor in eine Aufgabe vertieft war. Aber die Falte auf ihrer Stirn, wenn sie sich konzentrierte, war die gleiche. Ihre Zunge schaute hervor, um die Ecke ihres Mundes zu berühren, während sie zeichnete, und Alex' Herzschlag beschleunigte sich.

Katie hielt inne, um ihre Zeichnung zu prüfen, und blickte dann zu ihm. Er war nicht schnell genug, um seine Augen abzuwenden, und sie erwischte ihn, wie er auf ihren Mund starrte. Ihre Augen weiteten sich ein wenig, und ihr Atem stockte kaum merklich. Es reichte aus, um ihm zu sagen, dass sie diese wahnsinnige, plötzliche Anziehung auch spürte.

Er bewegte sich, stellte seine Flasche auf den Tisch und beugte sich dann zu ihr. Seine Finger streiften ihr Knie, als er sich drehte. Sie beobachtete ihn, als er sich näherte, ihr Blick flackerte zwischen seinen Augen und seinem Mund, der sich dem ihren näherte. Mit nur wenigen Zentimetern zwischen ihnen hielt er inne und wollte sichergehen, dass sie dies genauso wollte wie er. Als ihre Augen die seinen wieder trafen, loderten sie vor Hitze. Er überbrückte die Distanz und presste seine Lippen auf ihre.

~

Heilige Scheiße! Unglaube schoss durch Katies Kopf, während Alex sie küsste. Das Verlangen folgte dicht auf den Fersen, als das Gefühl seines warmen, geschmeidigen Mundes auf ihrem registriert wurde. Ihre Gedanken zerstreuten sich, und sie ließ ihren Bleistift fallen, um sein Hemd festzuhalten und sich zu stabilisieren, während er an ihrer Unterlippe knabberte und dann den Biss mit seiner Zunge linderte. Er entlockte ihr ein Keuchen, als er eine Hand durch die Strähnen ihres Pferdeschwanzes fädelte, seine Faust darin wickelte und ihren Kopf für einen besseren Zugang drehte. Er nutzte die Gelegenheit voll aus und kostete die inneren Winkel ihres Mundes. Sie erwiderte den Gefallen und bemerkte den anhaltenden Geschmack von hellgelben Hopfen und würziger Pizzasoße.

Er zog sich zurück, um auf sie hinunterzustarren, seine normalerweise hellblauen Augen hatten nun die Farbe des Abendhimmels. Seine Brust hob und senkte sich, während er Luft einsog, genau wie ihre.

»Verdammt.«

Untertreibung des Jahrhunderts.

Sie leckte sich über die Lippen und schmeckte ihn, während sie zurückstarrte. Seine Augen folgten der Bewegung und wurden unglaublich dunkler, bevor sein Mund wieder auf ihren krachte. Diesmal hielt er sich nicht zurück, schlang seine Arme um sie und zog sie halb auf seinen Schoß. Katie schlang ihre Arme um seinen Hals und packte sein dunkles Haar, fuhr mit ihren Nägeln über seine Kopfhaut, während er ihren Mund überfiel und dessen Tiefen plünderte. Wer hätte gedacht, dass Herr Steif-in-den-Klamotten das in sich hatte?

Ihr Skizzenbuch fiel mit einem leisen Aufprall zu Boden, als sie sich drehte und ein Bein auf das Sofa zog. Alex' Hände glitten ihren Rücken hinunter, um ihren Hintern zu halten, und drängten sie näher heran. Als sie sein Verlangen spürte, während sie rittlings auf seinem Schoß saß, krachte die Rationalität zurück in sie, und sie brach ihren Kuss ab. Schwer atmend legte sie ihre Stirn gegen seine.

»Was tun wir da?«

»Ist das nicht offensichtlich?« fragte er. »Wir überspringen die Freundschaftsphase.«

Sie hob ihren Kopf, um auf ihn hinabzuschauen, seine Augen erforschend. »So schön das auch war, ich bin nicht sicher, ob es eine großartige Idee ist. Wir arbeiten zusammen.«

Er seufzte. »Ich weiß. Ich hatte den gleichen Gedanken, bevor du deine Finger durch mein Haar geflochten hast. Dann konnte ich überhaupt nicht mehr denken. Also, was machen wir damit?« Seine Hände waren immer noch an ihren Hüften, und er drückte sie einen Bruchteil nach unten, damit sie spüren konnte, was sie mit ihm anstellte.

Katie unterdrückte ein Stöhnen. Er spielte unfair! Aber Sex – zumindest in dieser Phase – würde mehr schaden als nutzen. Vor ein paar Tagen waren sie noch ständig aufeinander losgegangen. Was würde passieren, wenn die Leidenschaft unweigerlich in ein tiefes Brennen überginge, statt des Strohfeuers, das es jetzt war? Wenn sie nicht zuerst eine Beziehung aufbauten und an ihren Problemen arbeiteten, wären sie zum Scheitern verurteilt.

Indem sie jedes Quäntchen Willenskraft aufbrachte, das sie besaß, befreite sie sich aus seinem Griff und stand auf, wobei sie zurücktrat. »Ich denke, wir lassen es vorerst dabei.«

Er bewegte sich nicht vom Sofa. Starrte nur mit hochgezogener Augenbraue zu ihr hoch. »Ja?«

Sie versuchte, ihre Augen nicht wandern zu lassen, aber es war schwer, die Beule in seiner Hose zu ignorieren. Sie schluckte schwer. »Ja.«

Er hielt ihren Blick noch einen Moment fest, dann stand er auf und machte zwei Schritte auf sie zu. »Ich sehe dich morgen.« Seine Stimme war leise und sanft, wie seine Augen. Er streckte einen Finger aus und strich eine Haarsträhne aus ihrem Gesicht, dann beugte er sich vor und gab ihr einen sanften Kuss auf die Lippen. »Gute Nacht.«

»Gute Nacht«, flüsterte sie zurück.

Er ging um sie herum in Richtung Tür. Sie drehte sich um, um ihm nachzusehen, und bewegte sich nicht, bis die Tür hinter ihm zufiel. Als sie zuschnappte, verließ sie ihr Atem mit einem Rauschen. Sie drehte sich, trat ein paar Schritte zurück und fiel auf das Sofa, ihre Muskeln wurden zu Brei, als das Adrenalin sie verließ.

Ihr Kopf fiel zurück gegen die Kissen, und sie starrte zur Decke hinauf. Was zum Teufel war gerade passiert?

Katie warf zum zehnten Mal innerhalb weniger Minuten einen Blick auf die Uhr. Sie waren zurück im Labor und verarbeiteten Beweise, und es wurde spät. Sie war bereit zu gehen, aber Amanda war entschlossen, eine zweite Leiche zu untersuchen. Alex half ihr dabei, und Katie wollte nicht gehen, ohne mit ihm über ihre bisherigen Erkenntnisse zu sprechen. Sie hatte Seb früher ihre Bedenken bezüglich Amanda mitgeteilt, und er sagte, er würde ihre Vergangenheit überprüfen.

Sie verhielt sich immer noch seltsam, eilte durch einige Schritte und Leichen, während sie für andere pedantisch viel Zeit aufwendete. Katie hatte das Gefühl, dass sie nach etwas Bestimmtem suchte. Sie wünschte nur, sie wüsste, wonach. Nach gestern würde sie jedoch nicht mit der Frau sprechen, es sei denn, sie müsste. Es war nicht das erste Mal, dass sie wegen ihres Aussehens mit Vorurteilen konfrontiert wurde, aber es war das erste Mal, dass es sie wirklich störte, und das alles hatte mit Alex zu tun. Sie wollte nicht, dass er anfing, an ihren Fähigkeiten zu zweifeln, weil jemand, den er als Freundin betrachtete, es tat.

Mit einem Seufzen schaute sie erneut auf die Uhr. Eine Minute war vergangen. Vor sich hinmurmelnd nahm sie eine Knochenprobe, die sie gerade von der Leiche vorbereitet hatte, an der Alex und Amanda arbeiteten, und legte sie in ihren brandneuen Gaschromatographen, um zu sehen, was er ihr verraten würde. Während sie darauf wartete, dass das Gerät seine Magie wirkte, räumte sie ihren Arbeitsplatz auf. Hoffentlich wären sie bis zum Ende des Tests auch fertig.

Während sie arbeitete, versuchte sie, nicht erneut auf die Uhr zu schauen. Stattdessen konzentrierte sie sich auf ihre Arbeit und fand kleine Aufgaben, die sie beschäftigt hielten. Während ihres Aufräumprozesses legte sie die Probe in das Massenspektrometer, in der Hoffnung, eine genaue Datierung zu erhalten. Als es fertig war, beobachtete sie wieder die Uhr. Es gab nur begrenzt viele Dinge, die sie reinigen konnte.

Sie drückte den Knopf an der Maschine, um einen Bericht zu erstellen, und setzte sich dann an ihren Schreibtisch, um die Datei zu öffnen. Beim Lesen der Ergebnisse neigte sie den Kopf. *Seltsam...*

»Hey, Leute. Das müsst ihr sehen.«

»Was ist es?« fragte Amanda, ihre Stimme scharf. »Wir sind beschäftigt.«

Katie biss die Zähne zusammen. Sie blickte zurück, um der Frau einen finsteren Blick zuzuwerfen.

Alex runzelte die Stirn in Richtung Amanda, zog dann seine Handschuhe aus und ging zu Katies Schreibtisch. »Was hast du gefunden?«

Sie zeigte auf den Bildschirm. »Die Leiche, an der ihr arbeitet, ist deutlich älter als die anderen beiden. Sie wurde auch von ihrem ursprünglichen Grab verlegt.«

»Scheiße, es könnte also mehr geben?«

»Potenziell, ja. Die mineralische Zusammensetzung der Erdproben um ihren Körper passt nicht zu dem, was ich erwarten würde, was in ihre Knochen eingesickert wäre. Kannst du eine Erdprobe von einem Gelenk finden? Irgendeine Stelle, wo sie stecken bleiben würde, wenn sie ausgegraben und verlegt wurde? Ich werde sie untersuchen und mit den anderen Bodenproben vergleichen, die wir genommen haben, sowie mit der Online-Datenbank, um zu sehen, ob ich Übereinstimmungen finde.«

»Ja. Aber warum sollten sie ihren Körper verlegen?«

Katie zuckte mit den Schultern. »Ich weiß es nicht. Vielleicht hatten sie keine Wahl. Jemand kam zu nahe, oder ein Tier grub sie vielleicht aus.«

Er runzelte die Stirn. »Vielleicht. Ich besorge dir diese Probe. Gute Arbeit.«

»Danke. Seid ihr zwei bald fertig? Es ist halb neun.«

»Du musst nicht bleiben.«

Sie warf einen schnellen Blick an ihm vorbei zu Amanda, die sich auf die Leiche konzentrierte. Sie hatte eine Lupe in der Hand und betrachtete damit den rechten Oberarmknochen des jungen Mädchens. »Ich wollte mit dir reden«, sagte sie leise.

Hitze flackerte in seinen Augen auf, und sie erschauderte. Katie biss sich auf die Lippe.

»Nicht nur darüber.«

Er nickte. »Wir werden bald fertig sein. Ich bleibe nicht mehr lange, und es ist mein Labor, also geht sie auch, ob sie will oder nicht. Die Knochen werden auch morgen noch hier sein. Die Täter sind in Gewahrsam, also ist es nicht so, als würden wir gegen die Zeit anrennen, um sie zu finden.« Er berührte ihre Schulter. »Gib mir ein paar Minuten und wir schließen für heute.«

»Okay.«

Er ging zurück zum Obduktionstisch und zog frische Handschuhe an. Er drehte den Kopf des Opfers, um das Kiefergelenk freizulegen. Mit einem Wattestäbchen strich er die verdichtete Erde in eine Schale.

Katie kam herüber und nahm ihm die Probe ab und legte einen Deckel darauf. »Ich werde sie morgen früh als Erstes untersuchen.«

Amanda runzelte die Stirn. »Warum nicht jetzt?«

»Weil es Zeit ist, nach Hause zu gehen«, antwortete Alex.

»Was? Wir sind nicht fertig.«

Alex zog seine Handschuhe aus. »Für heute Abend schon. Es ist spät, Mandy. Wir alle müssen uns ausruhen.«

Sie drehte die Lupe in ihrer Hand, während sie ihn betrachtete. »Es ist nicht so spät. Wir können noch ein paar Stunden arbeiten.«

Katies Augen weiteten sich, und sie schaute zu Alex. Seine Augenbrauen hoben sich, und er verschränkte die Arme.

»Ich bleibe nicht bis fast elf Uhr hier. Wir haben einen vollen Tag gearbeitet - eigentlich sogar mehr als das. Warum bist du so besessen von diesem Fall?«

Amanda schnaubte und legte die Lupe mit kontrollierter Vorsicht ab, behielt aber die Pinzette in ihrer anderen Hand. »Bin ich nicht. Ich sehe nur keinen Sinn darin, Zeit zu verschwenden, die zum Arbeiten genutzt werden könnte.«

»Wie wäre es mit Abendessen? Oder deinen Geist ruhen zu lassen, indem du ein Buch liest oder fernsehst?«

Sie winkte ab. »Meinem Geist geht es gut. Und ich hole mir einen Proteinriegel, wenn ich zurück in der Pension bin.«

Er schüttelte den Kopf. »Katie hat recht. Irgendwas ist mit dir los. Zugegeben, ich habe nie mit dir zusammengearbeitet, außer für eine kurze Beratung hier und da, aber das ist nicht wie du. Wenn du nicht ehrlich sein kannst, fürchte ich, dass ich einen anderen forensischen Anthropologen rufen muss, um uns zu helfen.«

Ihre Augen weiteten sich, und Katie bemerkte einen Hauch von Angst, der über ihr Gesicht huschte, bevor sie ihren Ausdruck verbarg.

»Das kannst du nicht tun, Alex. Ich muss an diesem Fall arbeiten.«

»Warum?«

»Das muss ich einfach. Können wir es dabei belassen?«

»Nein.« Er seufzte und stemmte die Hände in die Hüften. »Hör zu, wir sind alle müde. Nimm dir die Nacht und denk darüber nach. Wir reden morgen darüber.«

Sie starrte ihn einen Moment an und versuchte einzuschätzen, wie ernst er es meinte. Katie wusste, dass er es ernst meinte. Er hatte denselben Blick, den er ihr gab, als sie Dinge im Labor veränderte und er verlangte, dass sie sie zurückänderte. Sie hatte auf die harte Tour gelernt, dass sie Kompromisse eingehen musste, oder er würde es für sie erledigen, und es würde ihr nicht gefallen. Ihr großer Probenaufbewahrungsbereich befand sich nun drei Stockwerke über ihnen in einem leeren Büro. Jedes Mal, wenn sie Tests an einem dieser Gegenstände durchführen wollte, musste sie entweder ihre Ausrüstung nach oben schleppen oder einen Wagen finden und die Beweise lange genug ins Labor zurückbringen, um zu tun, was sie brauchte. Er weigerte sich immer noch, ihr zu erlauben, den Lagerbereich zurück ins Labor zu bringen.

Amandas Mund wurde flach, und sie warf die Pinzette auf ein Tablett. Sie klapperten gegen die anderen Instrumente. »Gut.« Sie riss ihre Handschuhe und ihren Kittel ab und warf sie auf dem Weg zur Tür hinaus in den Mülleimer.

»Glaubst du, sie wird uns sagen, was los ist?« fragte Katie, als die Tür leise zuging.

Er kniff sich in den Nasenrücken und seufzte. »Wenn sie wirklich im Fall bleiben will, wird sie es tun.« Er ließ seine Hand fallen. »Hilf mir, unser Opfer wegzuräumen, würdest du?«

Gemeinsam machten sie schnell Arbeit daraus, die Jane Doe zurück in ihren Platz zu legen und die Instrumente zu entsorgen, die bei ihrer Untersuchung verwendet wurden. Als sie alles aufgeräumt hatten, verabschiedeten sie sich von der Nachtschicht – mit einer Warnung, ein Auge auf Dr. Pressley zu haben, falls sie zurückkehren sollte – und gingen zum Parkplatz.

Ihr Magen knurrte, als sie nach draußen gingen, und erinnerte sie daran, dass sie nicht gegessen hatte. Sie dachte an die übrig gebliebene Pizza in ihrem Kühlschrank und warf Alex einen verstohlenen Blick zu. Wäre es klug, ihn nach dem, was gestern passiert war, einzuladen?

In Gedanken versunken stolperte sie über den Bordstein. Als sie zur Seite taumelte, zerbarst das Autofenster vor ihr mit dem Knall eines Gewehrs, die Kugel verfehlte sie nur um ein Haar. Sie schrie auf und ließ sich zu Boden fallen.

»Katie!«

Eine weitere Kugel prallte vom Auto ab und grub sich Zentimeter von ihr entfernt in den Asphalt. Sie stieß einen weiteren überraschten Schrei aus. »Alex!« Starke Hände packten ihre Arme und zogen sie hinter ein anderes Fahrzeug. Das Fenster über ihren Köpfen zerbarst.

»Wer schießt auf uns?«

Er umarmte sie und beugte sich über sie. »Ich weiß es nicht.«

Sie klammerte sich an ihn, als zwei weitere Schüsse ertönten. Reifen quietschten, dann hörte sie Leute rufen, als sie aus dem Krankenhaus und der benachbarten Polizeistation rannten, um nachzusehen.

Er lockerte seinen Griff um sie und erhob sich leicht, um über das Auto zu spähen. »Ich glaube, es ist jetzt sicher. Wer auch immer es war, ist weggefahren.« Er stand auf und zog sie hoch, behielt aber seine Arme um sie. »Alles in Ordnung?«

Mit zitternden Händen strich sie sich die Haare aus dem Gesicht. »Ich denke schon. Und bei dir?«

Er nickte.

Das Geräusch von Stiefeln auf dem Asphalt ließ sie sich umdrehen. Sie sahen Deputy Reeves näherkommen.

»Dr. Randall? Ms. Mitchum? Ist bei Ihnen alles in Ordnung?«

Alex nickte. »Uns geht es gut.«

»Was ist passiert?«

»Jemand hat auf uns geschossen. Aber ich konnte den Schützen nicht sehen.« Er blickte zu Katie hinunter. »Hast du jemanden gesehen?«

Sie schüttelte den Kopf. »Nein. Alles, was ich sah, war fliegendes Glas.«

»Bei mir auch.« Er blickte zum Deputy. »Hat jemand das Auto gesehen? Wir hörten Reifen quietschen.«

»Ich bin nicht sicher. Wir werden die Sicherheitsaufnahmen überprüfen. Warum sollte jemand auf Sie beide schießen wollen?«

»Ich vermute, es hat etwas mit dem Fall Paulson zu tun«, sagte Katie. Ihre Augen trafen Alex', und sie telegrafierte, wen sie im Verdacht hatte.

Er runzelte die Stirn, als er ihre Andeutung verstand. »Nein. Das würde sie nicht tun. Was würde es bringen, uns beide auszuschalten?«

»Nun, wir haben ihr ein Ultimatum gestellt. Vielleicht hat sie beschlossen, dass sie uns nicht sagen will, warum sie so besessen ist, und denkt, dass sie durch unsere Entfernung im Fall bleiben kann.«

Alex ließ sie los, um einige Schritte wegzugehen und sich mit den Händen durch die Haare zu fahren. »Es ergibt einfach keinen Sinn.«

Reeves trat vor. »Was ergibt keinen Sinn? Von wem redet ihr?«

»Dr. Pressley«, sagte Katie.

»Der forensische Anthropologe, der mit Ihnen arbeitet?«

Sie nickte. »Ja. Wir müssen mit dem Sheriff sprechen.«

»Er ist wahrscheinlich auf dem Weg. Ich vermute, Wilder hat ihn angerufen, sobald sie die Schüsse hörte.«

Katie seufzte. Ihr Magen knurrte wieder. Sah so aus, als müsste ihre Pizza warten.

DIE TÜR ZUM KONFERENZRAUM IN DER POLIZEISTATION ÖFFNETE sich, und Katie blickte hinüber, um Seb und Jace eintreten zu sehen. Seb trug eine Schachtel, zwei Teller und zwei Plastikgabeln, die er vor ihnen auf den Tisch stellte, dann klappte er den Deckel auf.

»London hat ein paar Snacks geschickt«, sagte er und setzte sich.

Katie hakte einen Finger in die Box und zog sie näher. Sie war am Verhungern. Zwei riesige Zimtschnecken, mit Frischkäseglasur bedeckt, begrüßten sie. Ihr lief das Wasser im Mund zusammen. Sie nahm eine Gabel und stach in eine, hob sie auf einen Teller, bevor sie die Box zu Alex schob.

Sie biss in ihre Schnecke und stöhnte, als die Aromen auf ihrer Zunge explodierten.

»Oh mein Gott«, murmelte Alex mit vollem Mund der süßen Leckerei. »Sag deiner Frau danke. Das ist unglaublich. Wir haben seit dem Mittagessen nichts gegessen.«

»Das habe ich mir gedacht. Nun, was könnt ihr uns über den Vorfall erzählen?«

»Ich denke, es war Dr. Pressley«, sagte Katie.

»Du hast heute Morgen erwähnt, dass du dachtest, sie führt etwas im Schilde«, sagte Seb. »Hat sie noch etwas getan?«

»Sie hat sich sehr auf die weiblichen Opfer konzentriert, besonders auf eines, aus irgendeinem Grund. Und heute Abend wollte sie nicht gehen, obwohl es schon fast neun Uhr war. Sie drängte uns zu bleiben, und Alex fragte sie, warum sie so besessen von dem Fall sei. Sie sagte, sie sei es nicht, aber wir wussten beide, dass es eine Lüge war, und er hat sie darauf angesprochen.«

»Ich sagte ihr, wenn sie nicht ehrlich damit wäre, warum sie sich so untypisch verhält, würde ich einen anderen forensischen Anthropologen hinzuziehen. Sie wurde wütend und stürmte hinaus«, beendete Alex.

»Glaubt ihr, sie würde auf euch schießen?« fragte Jace.

Alex zuckte mit den Schultern. »Die Mandy, die ich kenne, würde das nicht tun. Aber sie ist auch nicht sie selbst. Ich weiß nicht, was mit ihr los ist.«

Die Tür zum Konferenzraum öffnete sich, und Deputy Reeves kam herein, mit einem Laptop in der Hand.

»Hier sind die Sicherheitsaufnahmen, Sheriff.« Er übergab Seb den Computer und ging.

Seb stellte den Laptop auf den Tisch, damit alle ihn sehen konnten, und drückte dann auf Wiedergabe. Die Kamera war über den Eingangstüren des Krankenhauses montiert und blickte über den Parkplatz. Katie sah zu, wie sie und Alex das Krankenhaus verließen. Als sie den Parkplatz betraten, stolperte sie über den Bordstein, und das Fenster des Autos vor ihr explodierte mit dem Knall einer Waffe.

Katies Kopf schwamm und ihre Atmung beschleunigte sich, als sie erkannte, dass die Kugel sie direkt in den Rücken getroffen hätte, wenn sie nicht gestolpert wäre.

Seb pausierte das Video, als sie sich vom Tisch wegschob, um ihren Kopf zwischen die Knie zu hängen. Alex' Hand landete mitten auf ihrem Rücken.

»Hey, alles okay?«

Sie gab ein Geräusch von sich, das keine wirkliche Antwort war, und konzentrierte sich stattdessen auf ihre Atmung und das Gefühl seiner Hand, die über ihren Rücken strich, damit sie nicht ohnmächtig wurde. Seb und Jace standen auf, und sie hörte, wie sich die Tür öffnete. Sebs Stiefel kamen in ihr Sichtfeld, dann seine Hände und Brust, als er sich vor ihr hinhockte.

»Katie? Hey, dir geht es gut.« Seine Stimme war leise und sanft. »Atme einfach. Schau zu mir hoch und atme.«

Sie richtete sich auf, stützte ihre Ellbogen auf die Knie und schaute ihn an. Er nahm ihre Hände und hielt ihren Blick, während er mit ihr atmete. Alex fuhr fort, seine Hand auf und ab über ihren Rücken zu streichen. Es erzeugte ein warmes Kribbeln, das ihr half, aus ihrem panischen Zustand herauszukommen.

Sie atmete tiefer ein, blies die Luft aus und entzog Seb ihre Hände. »Jetzt geht es mir gut.«

Er musterte sie lange, dann nickte er kurz, bevor er aufstand. Jace kam mit einer Wasserflasche zurück in den Raum. Sie nahm sie ihm ab, drehte den Deckel ab und nahm einen tiefen Schluck.

»Bist du sicher, dass es dir gut geht?« fragte Alex. Er hatte aufgehört, ihren Rücken zu streicheln, aber seine Hand blieb auf ihrem Rücken.

Sie drehte sich zu ihm und nickte. »Ja. Als ich die Aufnahmen sah – ich hatte nicht realisiert, wie knapp ich daran vorbei kam, erschossen zu werden. Wenn ich nicht gestolpert wäre–« Sie brach wieder ab und schluckte um den Kloß in ihrem Hals herum.

Seine Hand legte sich über ihre Schulter, und er drückte sie. Sie griff nach oben und bedeckte sie mit ihrer freien Hand, bot ihm ein zitterndes Lächeln, bevor sie zu Seb und Jace blickte.

»Jetzt geht es mir besser. Ihr könnt mit dem Video fortfahren.«

»Bist du sicher?«

Sie nickte.

»Okay.« Seb drückte auf Play.

Katie starrte auf den Bildschirm und versuchte, ihn mit demselben distanzierten Auge zu betrachten, das sie benutzte, wenn sie Aufnahmen von anderen Tatorten sah. Jetzt waren sie hinter einem geparkten Auto. Am Bildschirmrand sah sie einen Mündungsblitz aus dem Fahrerfenster eines dunklen SUVs.

»Erkennt einer von euch das Auto?« fragte Seb.

»Es sieht irgendwie aus wie das, das Amanda fuhr«, bemerkte sie. »Obwohl ich nicht sagen kann, ob ein Universitätslogo darauf ist. Es ist falsch angewinkelt.«

Alex ließ den Kopf in die Hände sinken. »Sie hat recht. Das tut es. Ich kann einfach nicht glauben, dass sie so etwas tun würde.« Er blickte zu Seb auf. »Kannst du London anrufen und fragen, ob sie zurück in der Pension ist? Das könnte unsere Frage beantworten, ob sie beteiligt war.«

»Sicher.« Seb nahm sein Telefon heraus und rief seine Frau an. Sie erfuhren schnell, dass Amanda nicht zurückgekehrt war. London versprach anzurufen, falls sie es doch täte.

»Das ergibt immer noch keinen Sinn. Warum sollte sie versuchen, Katie zu töten?« fragte Alex.

»Nun, es gab doch Streit zwischen euch, oder?« sagte Jace.

Katie nickte. »Ja, aber nichts, wofür ich erwarten würde, dass jemand auf mich schießt. Wenn jemand ein Recht hat, die wütendere Partei zu sein, dann bin ich es, weil sie mich praktisch als Maschinenstürmer bezeichnet hat.«

Alex winkte ab. »Worum es auch immer geht – und selbst wenn Amanda verantwortlich ist – es ist nicht, weil sie Katie nicht mag. Es hat mit diesem Fall zu tun. Eine dieser Leichen birgt ein Geheimnis, das jemand nicht will, dass wir es herausfinden.«

»Ich stimme zu«, sagte Seb. »Das bedeutet, dass die Überprüfung von Amanda Pressleys Hintergrund zur obersten Priorität geworden ist.«

~

K ATIE TRAT AUS IHREM S CHLAFZIMMER UND BETETE, DASS A LEX wach und angezogen sein würde. Als sie gestern Abend die Polizeistation verließen, bestand er darauf, mit nach Hause zu kommen. Sie versuchte ihm zu sagen, dass es ihr gut gehen würde, aber er hatte ihr denselben Blick gegeben, den er ihr gab, wenn sie etwas an einem Platz im Labor haben wollte, an dem er es nicht haben wollte. Sie wusste, dass es kein Rütteln an ihm gab, wenn er diesen Blick hatte, und sie war zu müde, um sich zu streiten. Wenn er seinen 1,90 Meter großen Körper auf ihrer Couch ausstrecken wollte, dann lass ihn.

Aber jetzt, im Tageslicht, bereute sie es, nicht zurückgedrückt zu haben. Sie war nicht bereit, dem frisch aus dem Bett gestiegenen, sexy Alex gegenüberzutreten. Demjenigen, der immer noch Stoppeln am Kinn hatte und vielleicht kein Hemd trug.

Sie atmete tief durch, ging um die Ecke vom Flur und wappnete sich. Die Couch war leer. Sie schnupperte, roch Kaffee und ging durch das Wohnzimmer in die Küche. Alex stand an der Theke, trank einen Becher Kaffee, sein Handy in der Hand. Er schaute vom Scrollen auf und lächelte, als sie eintrat.

»Hey. Ich hoffe, es macht dir nichts aus. Ich habe Kaffee gemacht und mir einen Proteinriegel und einen Joghurt genommen. Wir müssen etwas früher los als du normalerweise würdest, damit ich nach Hause fahren und mich umziehen kann.«

Sie runzelte die Stirn, als sie seinen zerknitterten Zustand betrachtete. »Warum bist du nicht einfach nach Hause gefahren, als du aufgewacht bist? Du bist mir gestern Abend gefolgt.«

»Ich weiß, aber ich lasse dich nicht allein.«

»Alex–«

Er hob eine Hand. »Jemand hat versucht, auf dich zu schießen. Ich weiß, ich bin nicht viel Schutz, da ich nicht bewaffnet bin, aber ich bin zumindest ein weiteres Paar Augen und möglicherweise eine Abschreckung. Können wir bitte nicht darüber streiten?«

Sie verengte ihre Augen zu Schlitzen. »Gut. Aber nur, weil ich nicht zu spät zur Arbeit kommen will.« Sie ging zur Kaffeemaschine und goss etwas von dem dunklen Gebräu in einen Thermobecher und schnappte einen Deckel darauf. Sie öffnete den Gefrierschrank, nahm ein in Folie eingewickeltes Frühstücksburrito heraus und warf es in ihre Lunchbox neben ein Proteingetränk und ein fertiges Erdnussbutter-und-Marmeladen-Sandwich. Sie schloss den Reißverschluss und blickte auf, um einen amüsierten Ausdruck auf seinem Gesicht zu finden.

»Was?«

»Du isst wie ein Doktorand.«

»Ich *bin* ein Doktorand.«

Er spottete. »Kaum. Promotionen sind anders. Besonders wenn du bereits einen Erwachsenenjob hast.« Er stieß sich von der Theke ab und goss die letzten Tropfen seines Kaffees in die Spüle. Dann nahm er eine Banane von der Staude auf der Theke. Er packte das Essen in eine braune Papiertüte und zog seinen Mantel an. Katie drehte sich um und ging zur Garagentür, wo sie ihre Schuhe und Mäntel zurückließen, als sie in der Nacht zuvor hereinkamen. In der Garage drückte er den Knopf an der Wand, um das Garagentor zu öffnen, dann hielt er inne und blickte zurück.

»Du solltest einfach mit mir fahren. Es sei denn, Seb findet das heute heraus, ich komme heute Abend wieder hierher.«

Sie schaute ihn über den Rand ihrer Brille an.

»Gib mir nicht diesen Blick. Wir hatten diese Diskussion gerade erst vor einer Minute.« Er nahm ihre Hand und zog sie zur offenen Tür.

»Alex!« Sie stieß die Luft aus und verlängerte ihren Schritt, um mit ihm Schritt zu halten, und hielt nur lange genug an, um den Knopf direkt neben der Tür zu drücken, um sie zu schließen.

Er blieb neben der Beifahrertür seines SUVs stehen und drehte sich zu ihr um. »Ich weiß, ich bin überbesorgt, aber–« Er brach ab und blickte einen Moment weg, presste die Lippen zusammen, bevor er fortfuhr. »Du bist nicht die Einzige, die von dem Video erschüttert wurde. Lass mich auf dich aufpassen, ja?« Seine Stimme sank zu einem rauen Flüstern.

Ihre Schultern sanken. *Verdammt.* »Gut.« Sie trat um ihn herum, um die Tür zu öffnen, ignorierte das Lächeln, das auf seinem gutaussehenden Gesicht erblühte. Sie sank in den Sitz, stellte ihre Kaffeetasse in den Becherhalter, dann legte sie ihre Lunchbox und ihre Handtasche zu ihren Füßen ab, bevor sie den Sicherheitsgurt anlegte, während er neben ihr einstieg.

Er startete das Auto und drehte sich dann zu ihr. Als er den Mund öffnete, um zu sprechen, hob sie eine Hand.

»Nicht. Fahr einfach.«

»MACH ES DIR BEQUEM«, SAGTE ALEX, ALS SIE SEIN HAUS betraten. »Ich beeil mich.«

Katie nickte und zog ihren Mantel aus, legte ihn auf die Kücheninsel. Er legte seinen Mantel neben ihren, dann eilte er hinaus, um zu duschen und sich umzuziehen.

Als er weg war, sah sie sich um. Dieser Ort war *schön*. Er lebte in einem gehobenen Viertel am Stadtrand. Sein Haus war im Handwerkerstil, das Äußere eine Mischung aus Stein und grauer Verkleidung. In der Küche, wo sie von der Garage eingetreten waren, bedeckten rauchige Granitarbeitsplatten naturfarbene Holzschränke. Lehmfarbene Schieferfliesen vervollständigten den Look.

Sie schlenderte in den Hauptwohnbereich und konnte ihren schnellen Atemzug nicht unterdrücken, als sie durch die Fensterfront an der Rückseite des Hauses blickte, wo das Dach zu einer Spitze kam. Das Viertel war hügelig, und Alex' Haus stand an einer Ecke mit Blick auf das Tal. Die Morgensonne funkelte auf dem Frost im Gras, und die Berge warfen tiefe Schatten auf die Landschaft. Es war wunderschön.

Sie trat widerwillig vom Fenster weg und unterdrückte den Drang, auf die Terrasse zu gehen. Sie drehte sich um, um den Rest des Raumes zu betrachten. Die hohen Decken gingen in Kiefernbalken über und einen Balkon für die zweite Etage. Sie konnte ein paar Türen von ihrem Standort aus sehen und nahm an, dass sie zu Schlafzimmern führten. Ein Flur verlief zu ihrer Linken, und sie sah mehrere weitere Türen. Im Großen Raum dominierten große braune Ledermöbel den Raum. Ein farbenfroher geometrischer Druck-Teppich in Blaugrün und Orange bedeckte den Boden des Sitzbereichs. Ein großer Bildschirmfernseher war über einem Steinkamin an der Wand montiert.

Katie sank auf die Couch und genoss das weiche Leder und die Aussicht jenseits der Fenster. Sie hätte nichts dagegen, so aufzuwachen. Heißer Kaffee auf der Terrasse, während die Welt um sie herum erwachte. Sie würde nie weggehen wollen.

Aber das war so eine phantasievolle Vorstellung, dass sie nicht anders konnte, als laut über sich selbst zu lachen. Sie und Alex hatten vielleicht einen Höllenkuss geteilt, aber es war weit entfernt davon, dass sie einzog. Wenn zwei Menschen schlecht zusammenpassten, dann waren sie es.

Als sie eine Wand mit Familienfotos auf der anderen Seite des Raumes entdeckte, stand sie auf und schlenderte hinüber. Das erste Bild, das sie anschaute, war ein Foto von einer kürzlichen Weihnachtsfeier. Alex stand neben einer älteren Version von sich selbst. Ein dritter Mann stand auf seiner anderen Seite. Katie vermutete, dass es wahrscheinlich der Schwager war. Vor den Männern standen zwei Frauen, eine jung, eine älter. Sie trugen passende Lächeln und die ältere Frau hielt ein Baby in einem roten Samtkleid mit einem grünen Stirnband auf ihrem kahlen Kopf. Zwei Jungen, die etwa acht und vier zu sein schienen, standen vor den Frauen in passenden rot-schwarzen Karohemd.

Ein weiteres Foto zeigte Alex, die jüngere Frau und das ältere Paar bei dem, was wie seine Abschlussfeier an der medizinischen Fakultät aussah. Er trug einen schwarzen Abschlussumhang mit der Doktorhaube. Ein drittes Bild war von der Hochzeit der jüngeren Frau. Weitere Bilder der Kinder in verschiedenen Altern vervollständigten die Gruppe. In jedem von ihnen trug das Kind ein riesiges, fröhliches Lächeln. Katie konnte nicht anders, als zurückzulächeln. Sie waren bezaubernd.

Sie wandte sich von den Bildern ab und ging zu seinen Bücherregalen, neigte den Kopf, um die Titel zu lesen. Er mochte Spannungsthriller mit einer Prise epischer Fantasy. Es gab auch Regale voller medizinischer Texte, was sie erwartet hatte.

Geräusche aus dem Flur zogen ihre Aufmerksamkeit auf sich. Sie blickte zurück und sah Alex ins Wohnzimmer kommen, der ein weiteres Flanellhemd über einem langärmeligen schwarzen T-Shirt zuknöpfte. Sein dunkles Haar war feucht und glänzte im Deckenlicht.

»Das *ging* schnell.« Sie tat ihr Bestes, ihre Augen auf seinem Gesicht zu halten und sie nicht dorthin wandern zu lassen, wo er die Enden seines Hemdes in seine Hose steckte.

»Das Rasieren hat länger gedauert als alles andere. Lass mich nur etwas für das Mittagessen holen und wir können gehen.«

Sie folgte ihm in die Küche und schlüpfte zurück in ihren Mantel, während er Kaffee kochte, während er sich ein Sandwich machte. Als die Maschine den letzten Kaffee in seinen Thermobecher sprudelte, pflückte er eine Banane von der Staude auf der Theke. Er legte das Essen in eine braune Papiertüte, dann zog er seinen Mantel an. Katie drehte sich um und ging zur Garage, Alex dicht hinter ihr.

Die Fahrt zum Krankenhaus war kurz, und bald fuhr er auf den Ärztelot. Sie stiegen aus und gingen hinein.

»Glaubst du, Amanda wird hier sein?« fragte sie, als Alex den Knopf drückte, um den Aufzug zu rufen.

Er zuckte mit den Schultern. »Vielleicht. Ich habe keinen der SUVs der Universität auf dem Parkplatz gesehen, als wir reinfuhren.«

Sie schaute auf ihre Uhr. »Wir sind ein wenig früh dran, selbst mit dem Zwischenstopp bei dir zu Hause.«

Der Aufzug klingelte und die Türen glitten auf. Sie traten ein und sie drückte den Knopf für ihre Etage. Die Türen schlossen sich und sie fuhren eine Etage hinunter zur Laborebene.

Katie stieg aus und ging zu ihrem Schreibtisch, während Alex zu seinem Büro ging. Sie verstaute ihre Sachen in ihrem Schreibtisch, schloss dann den Beweisschrank auf und nahm die Erdprobe von der Jane Doe von gestern Abend. Sie würde sie in Gang setzen, während sie auf die anderen wartete. Die Techniker, die zurückblieben, konnten sie fertigstellen, sobald sie mit dem Team losfuhr, um die letzten beiden Leichen zu bergen.

Während sie arbeitete, tröpfelte der Rest ihres Teams herein. Als sie den Gaschromatographen zum Laufen gebracht hatte, waren alle anwesend und bereit zu gehen. Sie gab einer der Technikerinnen, die im Labor blieb, Anweisungen, dann führte sie den Rest nach draußen zum Van. Amanda war nirgends zu finden. Ihr Team wartete jedoch draußen.

Sie ging zum leitenden Techniker, Dave. »Wo ist deine Chefin?«

Er runzelte die Stirn. »Sie ist nicht hier?«

Katie zeigte um sie herum. »Ich sehe sie nicht, und sie war nicht drinnen.«

Daves Stirnrunzeln vertiefte sich. »Verdammt. Ich hatte gehofft, sie hätte nur spät gearbeitet und wäre früh reingekommen.«

»Sie ist also gestern Abend nie zur Pension zurückgekehrt?«

»Nicht, es sei denn, sie ist rein- und rausgeschlüpft, während wir alle im Bett waren. Ich habe sie nie gesehen.«

»Ist es normal für sie, so spät zu arbeiten?«

Er zuckte mit den Schultern. »Manchmal. Aber wenn sie nicht hier ist, weiß ich nicht, wo sie ist.«

Alex kam dann herüber. »Habe ich richtig gehört? Amanda wird vermisst?«

Dave nickte.

Katie blickte zu Alex auf und kommunizierte stumm. Die Dinge sahen nicht gut aus für Dr. Pressley.

Er hielt einen Moment ihren Blick, bevor er zu Dave zurückschaute. »Könnt ihr Jungs ohne sie arbeiten?«

Der ältere Mann runzelte die Stirn. »Nun, ich denke schon. Wir tun es normalerweise nicht, zumindest nicht im Feld, aber ich nehme an, wir könnten.« Er gab ihnen ein verblüfftes Stirnrunzeln. »Seid ihr nicht besorgt darüber, was mit ihr passiert ist?«

»Natürlich sind wir das«, antwortete Alex. »Es gab einen – Vorfall letzte Nacht, in den wir glauben, dass sie verwickelt sein könnte. Die Polizei kümmert sich darum. In der Zwischenzeit haben wir immer noch einen Job zu erledigen. Lass uns auf den Weg machen.«

Dave presste die Lippen zusammen, Neugierde leuchtete hell in seinen Augen zusammen mit einer gesunden Dosis Sorge um seine Chefin, aber er nickte. »Okay.«

Als er wegging, drehte sich Katie um und hielt Alex die Van-Schlüssel hin.

Er nahm sie mit einem Lächeln, und sie gingen zum Fahrzeug.

»Das ist verrückt«, sagte er. »Ich will nicht glauben, dass sie es war, die auf uns geschossen hat, aber ihr Verschwinden verleiht dieser Theorie einige Glaubwürdigkeit.«

»Ja. Wir müssen einfach abwarten und sehen, was passiert. Ich bin sicher, Seb hat seine Deputies hart an der Arbeit, um sie zu finden.«

Alex' Braue senkte sich nachdenklich. »Ja.«

KAPITEL
Fünf

Die Tür zum Pathologielabor öffnete sich mit einem Zischen, und Alex blickte auf, um Seb hereinkommen zu sehen.

»Hey. Was gibt's?«

Seb warf einen Blick auf den Obduktionstisch, an dem Alex an Opfer Nummer vier arbeitete, einem etwa vierzehnjährigen Mädchen, und dann zu dem älteren Mann, der ihm gegenüber am Tisch stand.

»Sie müssen Dr. White sein. Ich bin Sheriff Sebastian Archer.«

Der ältere Mann lächelte und winkte ihm mit einer behandschuhten Hand zu. »Schön, Sie kennenzulernen. Es tut mir leid, dass es unter diesen Umständen ist.«

»Mir auch.«

»Haben Sie Neuigkeiten über Amanda?«

Das wollte Alex auch wissen. Er hatte heute Morgen auf dem Weg zu den Paulsons ihren Chef, Dr. Amos White, angerufen und ihn über die Situation informiert, dann gefragt, ob er herunterkommen könnte, um Amandas Platz einzunehmen und die Ermittlung auf Kurs zu halten.

»Tatsächlich könnte ich etwas haben. Wir sind davon ausgegangen, dass sie etwas mit der Schießerei letzte Nacht zu tun hatte, aber wir haben inzwischen mehr Überwachungsaufnahmen gesammelt und sind weiter zurückgegangen. Jemand wartete auf Amanda, als sie gestern ging. Die Schüsse kamen aus ihrem Auto, aber sie hat nicht geschossen. Da waren zwei Männer in einem schwarzen SUV. Einer hat ihr einen Schlag auf den Kopf versetzt und sie in den Rücksitz ihres Autos gestopft. Der zweite fuhr mit ihrem SUV weg, als ihr Leute auf den Parkplatz kamt.«

»Mein Gott! Glaubst du, sie ist noch am Leben?«, fragte Amos und sprach damit Alex' Gedanken aus.

Seb zuckte mit den Schultern. »Nicht sicher. Der Schlag sah nicht stark genug aus, um sie zu töten. Und wenn sie sie tot sehen wollten, hätten sie sie wohl einfach erschossen, wie sie es mit Alex und Katie versucht haben.«

»Aber warum sollten sie sie brauchen und nicht uns?«, fragte Alex.

»Weiß nicht. Ich habe eine Fahndung nach beiden SUVs herausgegeben. Eine der Kameras hat das Kennzeichen des schwarzen SUVs erfasst, aber es wurde als gestohlen aus Denver gemeldet. Wir müssen abwarten, was dabei herauskommt. In der Zwischenzeit müsst ihr, Alex, und Katie vorsichtig sein. Sie wahrscheinlich auch, Dr. White. Jeder, der mit diesem Fall zu tun hat, könnte ein Ziel sein. Die Paulsons hatten einige wichtige Klienten, und jeder von ihnen könnte versuchen, uns daran zu hindern, etwas Belastendes aufzudecken.«

»Nun, ich bleibe unter Ihrem Dach, glaube ich?«

Seb nickte.

»Dann sollte ich gut aufgehoben sein.«

»Katie wird bei mir bleiben«, sagte Alex und traf die Entscheidung genau in diesem Moment. Sie würde ihn wahrscheinlich anschreien, aber das war ihm egal. »Ich habe letzte Nacht bei ihr übernachtet, aber mein Haus hat eine Alarmanlage.«

Seb grinste. »Wie lief das?«

Die Erinnerung an den Kuss, den sie neulich geteilt hatten, durchflutete seinen Kopf, und sein Körper reagierte. Er schob den Gedanken beiseite und zuckte mit einer Schulter. »Besser als erwartet.«

Sebs Augenbraue hob sich. »Hmm. Gut. Wo ist sie überhaupt?«

»Oben im großen Lagerraum. Sie hat die Kleidung unserer Opfer dort hochgebracht.«

»Hat sie etwas Nützliches ergeben?«

»Noch nicht sicher. Sie führt Tests durch.«

»Okay.« Er klopfte mit den Knöcheln auf den Edelstahltisch. »Ich sollte mich auf den Weg machen und euch beide fertig werden lassen. Haltet mich auf dem Laufenden.«

»Du uns auch«, sagte Alex.

»Jup. Ruf an, wenn du mich brauchst.« Seb drehte sich um und ging mit einem Winken.

»So ein seltsames Geschäft, diese Angriffe«, kommentierte Amos und wandte sich wieder der Leiche zu. »Und alles wegen dieser armen Kinder.«

»Ja, nun, jemand hat diesen Kindern schreckliche Dinge angetan und will nicht, dass es herauskommt.«

Dr. Whites Kopf wackelte. »Stimmt. Ich hoffe nur, dass Ihr

Freund die verantwortliche Person finden kann – und Amanda – bevor etwas Schlimmeres passiert.«

Das hoffte Alex auch. Kriminalistik sollte kein gefährlicher Job sein.

KATIE DREHTE SICH IN IHREM GELIEHENEN BETT UM UND versuchte, eine bequeme Position zu finden. Das Bett war schön, aber ihr Geist wollte nicht abschalten. Zu viel war in den letzten vierundzwanzig Stunden passiert.

Sie seufzte und setzte sich auf. Das war lächerlich. Sie schob die Decken weg, stieg aus dem Bett und schlich auf leichten Füßen die Treppe hinunter. Sie schnappte sich die Wolldecke vom Sofa und öffnete die Schiebetür zur Terrasse vom Wohnzimmer aus. Draußen wickelte sie die Decke um sich und ließ sich in einen der Terrassenstühle sinken.

Der Mond stand hell über ihr und verwandelte das frostige Gras in Silber. Ihr Atem stieg weiß vor ihrem Gesicht auf, und sie starrte über das ruhige Tal hinweg. Sie liebte Alex' Haus. Obwohl sie noch in der Stadt waren, war es hier so friedlich.

Sie war allerdings nicht glücklich darüber gewesen, mit ihm nach Hause zu kommen. Es spielte keine Rolle, dass es das Klügste war. Alex Randall war gefährlich für ihren Seelenfrieden. Er war ein Hauptgrund, warum sie nicht schlafen konnte.

Verdammter Mann...

Warum konnte er nicht ein Troll mit zottigem Bart, schiefen gelben Zähnen und einem Bierbauch sein? Besser noch, warum musste sie sich zu älteren Männern hingezogen fühlen? Sollten Frauen in ihrem Alter nicht die jungen, virilen

Typen wollen? Obwohl sie nicht behaupten konnte, dass Alex *nicht* viril war.

Eine Vision von ihm in seiner Holzfällerkleidung schwebte durch ihren Kopf. Sie hätte nie gedacht, dass Karomuster so sexy sein könnten.

Katie schloss die Augen und lehnte den Kopf im Stuhl zurück. Es spielte keine Rolle, wie attraktiv sie ihn fand. Sie würden nie etwas werden. Sie war nicht sein Typ. Sie wusste nicht, warum er sie geküsst oder ihr gesagt hatte, sie sei schön. Sie waren völlige Gegensätze. Eine gepflegte, kultivierte Frau wie Amanda Pressley passte eher zu ihm.

Die Tür hinter ihr öffnete sich mit einem leisen Zischen. Sie öffnete die Augen und schaute zurück, um Alex in einer Loungehose und einem grauen T-Shirt in der Türöffnung stehen zu sehen.

»Was machst du hier draußen? Es ist mitten in der Nacht.« Seine vom Schlaf raue Stimme rollte über sie wie feiner Whiskey.

Sie zuckte mit den Schultern und kuschelte sich tiefer in ihre Decke, während sie zurück über das Tal blickte. »Ich konnte nicht schlafen.«

Es folgte eine lange Pause – lang genug, dass sie dachte, er wäre zurück ins Bett gegangen – bevor er sich auf den Sitz neben ihr niederließ, eine weitere Decke um seine Schultern gewickelt.

»Warum kannst du nicht schlafen?«

Katie konnte das Lachen, das über ihre Lippen blubberte, nicht unterdrücken. »Das musst du wirklich fragen?«

Ein sardonisches Lächeln verzog seinen Mund. »Stimmt. Aber ich hätte gedacht, dass es letzte Nacht schlimmer gewesen wäre.«

»Ja, nun, ich war letzte Nacht in meinem eigenen Bett.«

Er seufzte. »Es tut mir leid. Ich weiß, ich habe dich gewissermaßen dazu gedrängt, hierher zu kommen, aber mein Haus ist sicherer.«

Sie winkte mit den Fingern, die über den Rand der Decke ragten. »Ich weiß. Und ich bin nicht wirklich verärgert. Zumindest nicht deswegen. Es ist mehr die Situation selbst, die mich wütend macht. Ich meine, dieser Fall will einfach nicht normal laufen, weißt du? Gerade wenn wir denken, wir haben ihn durchschaut, wirft er etwas Neues auf uns. Zuerst war es Ryan Marsters. Dann Richter Brandt. Jetzt wurde Amanda entführt. Warum will er nicht sterben?«

Alex schwieg einen Moment. »Ich glaube, dieser Fall hat weitreichendere Auswirkungen, als wir uns vorgestellt haben. April Stillwater sagte, ihr Mann hätte einige einflussreiche Freunde. Es ist naheliegend, dass Leute außerhalb von Silver Gap und Boone County involviert sind. Wir sind nicht weit entfernt von mehreren großen Städten, einschließlich der Hauptstadt des Bundesstaates. Es könnten Abgeordnete des Bundesstaates oder sogar Bundesbeamte sein, die die Dienste der Paulsons in Anspruch genommen haben.«

Sie stieß ein Geräusch der Abscheu aus. »Menschen sind krank. Und warum sind einige der Mächtigsten auch die Abscheulichsten?«

»Wahrscheinlich, weil viele von ihnen ein bisschen narzisstisch und soziopathisch sind. Dieser Persönlichkeitstyp hat keine Probleme damit, auf ein paar Zehen zu treten, um voranzukommen. Aber das kann auch eine Kehrseite haben, in Form von abweichendem Verhalten.«

»Nun, ich freue mich darauf, ihren abweichenden Ärschen den Garaus zu machen.«

Er kicherte. »Ich auch.«

Eine angenehme Stille legte sich über sie. Katie starrte weiter über die Landschaft und genoss die Ruhe. Ihre Augenlider wurden schwer und schlossen sich. Alex' Stuhl knarrte, und sie hörte ihn aufstehen. Ihr Geist driftete, sie öffnete die Augen nicht, bis sie seine Arme unter ihren Knien und um ihren Rücken spürte. Dann flogen sie auf und trafen auf seine. Im schwachen Licht waren sie wie mitternachtsschwarze Seen.

»Was machst du?«

»Ich bringe dich ins Bett.« Er richtete sich auf und hob sie mit Leichtigkeit aus dem Stuhl.

»Ich kann laufen, weißt du.«

»Jup. Aber du sahst bequem aus. Kein Grund, dich mehr aufzuwecken als nötig.« Er öffnete die Tür mit einem Finger, trat ein und schloss sie auf die gleiche Weise, dann legte er den Riegel um. Sie tippte den Alarmcode ein, und er steuerte auf die Treppe zu.

Katie staunte darüber, wie geschickt er die Treppe hinaufstieg, während er sie trug, als ob sie kaum mehr als die Decke wiegen würde. In ihrem Zimmer legte er sie aufs Bett und entfernte die Decke, ersetzt sie durch die Bettdecke. Sie zog sie bis zum Kinn hoch und schaute in der fast völligen Dunkelheit zu ihm auf. Sie konnte seine Züge gerade so im Mondlicht erkennen.

Er streichelte ihre Wange mit einem Finger.

Hitze leckte durch ihre Adern und weckte sie mehr als der Weg durch das Haus. »Alex.« Ihre Stimme war ein heiserer Flüstern.

Die Muskeln in seinem Kiefer zuckten. Er nahm einen tiefen Atemzug und trat zurück. »Schlaf etwas.«

Als er sich umwandte, um zu gehen, schlängelte sie eine Hand unter den Decken hervor und griff nach seiner. Er hielt inne und sah zu ihr hinab.

Sie nahm einen zittrigen Atemzug, nicht sicher, was sie tat. Das war eine schlechte Idee.

»Geh nicht.«

Seine Muskeln versteiften sich. »Katie-«

»Ich möchte, dass du bleibst. Nur zum Schlafen.«

Er zögerte und starrte auf sie hinab.

»Bitte? Ich glaube, wir werden beide besser schlafen.« Allein seine Nähe beruhigte ihren Geist. Es könnte andere Teile von ihr wecken, aber die Unruhe, die sie plagte, war verschwunden, als er sich neben sie auf die Terrasse gesetzt hatte. Wenn er gehen würde, fürchtete sie, dass alles zurückkommen würde.

Er gab ihr ein kurzes Nicken. Sie rutschte zur Seite, als er die Decken anhob und neben ihr ins Bett kletterte. Katie ließ sich auf ihrer Seite nieder, ihm zugewandt. Sie spielte mit der Ecke ihres Kissens, während er es sich bequem machte, plötzlich nervös.

Es würde nichts passieren, erinnerte sie sich. Schlafen. Sie würden nur schlafen.

Aber die Wärme seines großen Körpers wärmte bereits das Bett unter den Decken. Sie wollte sich an ihn kuscheln und die Wärme aufnehmen, selbst wenn sie sich dabei verbrennen würde.

Katie kniff die Augen zusammen und versuchte, sich einen Troll vorzustellen. Stattdessen tauchte das Bild eines Gartenzwergs in ihrem Kopf auf, und sie kicherte.

»Was ist so lustig?« Seine Stimme war benommen.

»Nichts.« Sie kicherte erneut, als der Zwerg einen kleinen Tanz aufführte.

Sie spürte, wie er sich auf seine Seite drehte.

»Nicht nichts. Was geht in diesem brillanten Gehirn von dir vor?«

Sie öffnete die Augen und fand ihn näher als erwartet. Weniger als dreißig Zentimeter trennten ihre Gesichter. Katie biss sich auf die Lippe und starrte in seine Augen im Dunkeln.

»Ich versuchte, mich abzulenken.«

»Wovon?«

»Von dir.«

Eine Falte runzelte seine Stirn. »Von mir? Warum?«

Sie verdrehte die Augen. »Musst du wirklich fragen?«

Seine Zähne blitzten hell in der Dunkelheit auf, als er lächelte. »Ich verspreche, auf meiner Seite zu bleiben.«

Sie seufzte. »Es hilft nicht. Aber das ist mein Problem. Ich gehe zurück zu meinem Zwerg und lasse dich in Ruhe.«

Er stieß ein Lachen aus. »Zwerg? Das ist es, womit du dich ablenkst?«

»Naja, es sollte ein Troll sein. Genauer gesagt, du als Troll. Aber es verwandelte sich in einen Gartenzwerg.« Sie hob eine Schulter.

Sein Lachen erfüllte den Raum, und sie lachte mit ihm.

»Wie sehe ich als Zwerg aus?«

Katie kicherte. »Rosige Wangen, spitzer roter Hut. Und du trägst ein kariertes Hemd mit Jeans und Hosenträgern.«

»Hmm... Klingt ziemlich passend. Hast du dir dich selbst vorgestellt?«

Sie schüttelte den Kopf.

»Ich denke, du wärst sehr farbenfroh. Batik würde dir gut stehen.«

»Ein Batik-Zwerg?« Sie lachte leise. »Ich bin mir nicht sicher, ob es so etwas gibt.«

»Oh, es gibt alle möglichen Sorten.«

»Wenn du es sagst.«

Sie schwiegen und starrten einander an. Die Spannung stieg in Katies Bauch. Warum musste sie lachen? Sie könnte schon auf dem besten Weg zum Einschlafen sein. Stattdessen kämpfte sie darum, sich zu erinnern, warum es eine schlechte Idee war, auszustrecken und die weiche Baumwolle des T-Shirts zu fühlen, das seine breite Brust bedeckte.

Sie zuckte zusammen, als seine Finger die nackte Haut ihres Arms unter ihrem geliehenen T-Shirt berührten. Kribbeln breitete sich aus, raste über ihre Nervenbahnen und erhitzte ihre Haut.

»Alex. Wir sollten schlafen, erinnerst du dich?«

Er rückte näher. »Ja.«

Ihr Kopf rutschte auf dem Kissen in seine Richtung.

»Ich bin super müde. Es waren ein paar lange Tage.« Sein Atem strich über sie, als er sprach, und ließ sie erschauern.

»Ja«, hauchte sie und rückte näher.

»Also sind wir uns einig? Wir werden schlafen gehen?«

Die Hand an ihrem Arm bewegte sich höher und bedeckte mehr von ihrer Haut. Sie nickte als Antwort auf seine Frage.

»Ja«, flüsterte sie erneut. Elektrizität funkelte zwischen ihnen, als nur noch Millimeter sie trennten. Ihre Augen senkten sich zu seinen Lippen, dann wieder nach oben. Es war der letzte Funke, der nötig war, um ihr Verlangen zu entfachen. Alex überbrückte die Distanz und presste seinen Mund auf ihren.

Das Bedürfnis traf sie schneller in die Magengrube und flammte heller auf als beim letzten Mal. Ihr Körper erkannte seine Berührung und wollte mehr.

Seine Hand wanderte von ihrem Arm zu ihrer Schulter und ihrem Rücken, zog sie näher. Sie ging bereitwillig mit, warf ein nacktes Bein über seine Hüften. Er strich mit seinen Fingern ihren Rücken hinab, um ihren Schenkel zu umfassen. Katie rieb sich an ihm, was Feuerstöße durch ihren Körper jagte. Durch seine auch, wenn seine Reaktion ein Hinweis war. Sein Griff verstärkte sich, und er stöhnte in ihren Mund. Sie umfasste seine Wange und liebte das raue Gefühl seines Bartstoppeln gegen ihre Handfläche. Es ließ sie wünschen, es anderswo zu spüren.

Das Dröhnen der Hausalarmanlagen riss sie auseinander.

»Was zum Teufel?« Alex löste sich, um sich umzusehen.

»Warum geht dein Alarm los?« Die Leidenschaft war effektiv gedämpft, Katie setzte sich auf und krabbelte hinter Alex aus dem Bett, als er aus dem Zimmer stürmte.

Er rannte die Treppe hinunter zur Tür, um das Hauptalarmfeld neben der Eingangstür zu sehen. Ein Licht blinkte rot, und das Display scrollte den Ort des Einbruchs, aber die Richtung der Brise, die durch den Raum wehte, verriet ihr, dass es die Schiebetür war.

Als er den Alarm ausschaltete, stand sie neben ihm und schaute zu den Fenstern. Glassplitter funkelten wie Diamanten auf dem Hartholzboden. Die eisige Brise wusch jede Hitze weg, die von ihrer Begegnung im Schlafzimmer übrig geblieben war, und sie zitterte, die Arme über der Brust verschränkt.

Ein schwarzer Schatten trat aus dem Flur heraus. Als sie realisierte, dass es ein ganz in Schwarz gekleideter Mann war, hob er seinen Arm. Holz splitterte hinter ihr in dem Moment, als sie einen lauten Knall von der schallgedämpften Waffe hörte.

»Beweg dich!« Alex stieß sie zur Seite, in Richtung der Treppe.

Glas zerbrach, als eine Kugel durch ein Fenster ging. Katie schrie auf, als weitere in die Wand über ihrem Kopf einschlugen, während sie hastig die Treppe hinauf flüchteten. Alex schob sie in ihr Schlafzimmer und auf die andere Seite des Bettes, weg von der Tür. Er drückte ihr Handy in die Hände.

»Ruf Hilfe.«

Sie schaltete den Bildschirm ein und drückte die Notruftaste, während er über das Bett kroch.

»Wo gehst du hin?«, fragte sie, ihr Flüstern verzweifelt.

»Ich habe eine Waffe in deinem Nachttisch gelassen. Nur für den Fall.«

»Was? Du bist bewaffnet?«

»Natürlich bin ich bewaffnet. Wir leben in einem Gebiet mit Bären und Berglöwen.« Er riss die Schublade auf und zog eine Pistole heraus.

Gedankenverloren bemerkte sie das größere Kaliber der Waffe und seine Eignung zum Schutz vor Raubtieren. Den Großteil ihrer Aufmerksamkeit widmete sie den Fußtritten, die die Treppe hinaufpolterten, und dem Klingeln in ihrem Ohr, als ihr Anruf durchging.

Alex sprang vom Bett, um einen Platz seitlich der Tür einzunehmen.

»Notruf. Was ist Ihr Notfall?«

Katie zuckte zusammen, als sie die Stimme der Disponentin in ihrem Ohr hörte. *Jesus, ich muss mich zusammenreißen.*

Sie holte tief Luft und antwortete der Frau am anderen Ende der Leitung. »Hier ist Katie Mitchum. Ich bin bei Dr. Randall, und da ist ein Mann in seinem Haus mit einer Waffe.«

»Sein Alarm ist vor einem Moment bei der Polizeiwache durchgekommen. Ein Wagen ist unterwegs, Ma'am. Ist es nur ein Mann?«

»Ja.« Das Wort war kaum hörbar. Sie konnte leise Schritte im Flur hören. Die Türklinke klapperte. Alex verlagerte sein Gewicht. Sie hörte das Klicken der Sicherung, als er seine Waffe hob. Katie sank tiefer, bis nur noch ihre Augen über der Matratze waren. Punkte tanzten vor ihren Augen, während ihr Atem in kurzen, flachen Stößen kam. Die Tür öffnete sich einen Spalt.

Polizeisirenen durchschnitten die Nacht. Die Tür hörte auf, sich zu bewegen, und sie hörte die Schritte eilig die Treppe hinunterlaufen.

Sie tauchte über der Matratze auf. »Ist er weg?«, flüsterte sie.

Alex senkte seine Waffe. Sie konnte gerade noch seine Augen in dem dunklen Raum glitzern sehen.

»Ich glaube schon«, flüsterte er zurück. »Komm.« Er deutete ihr, näher zu kommen.

Aufstehend eilte sie herum und griff nach seinem Arm.

»Halte dich an meinem Hemd fest, falls ich meine Hände brauche.«

Als Antwort verdrehte sie ihre Hand im unteren Teil seines T-Shirts. Er stieß die Tür auf und spähte in den Flur.

»Es ist frei.«

Gemeinsam machten sie vorsichtige Schritte den Flur entlang, hielten sich in den Schatten nahe der Wand, sodass niemand, der unten stand, sie sehen konnte. Als sie die Treppe erreichten, hielten sie inne und lauschten.

»Ich höre nichts«, hauchte sie in sein Ohr.

»Ich auch nicht. Ich glaube, er ist weg.« Er legte die Sicherung der Waffe wieder an, nahm dann ihre Hand und führte sie die Treppe hinunter. Als sie unten ankamen, schaltete er das Deckenlicht ein.

»Bleib dort. Überall ist Glas auf dem Boden.« Er trat hinab und blieb entlang der Wand. Das Fenster neben der Vordertür war jetzt auch zerschmettert, zusätzlich zur Schiebetür.

»Du trägst auch keine Schuhe.«

Er antwortete ihr nicht, gab ihr stattdessen einen Blick, der ihr sagte, nicht zu streiten. Er eilte am Radius des Glases vorbei in die Küche, dann kam er einen Moment später zurück, trug ein Paar Tennisschuhe und brachte ihre Stiefel von früher mit. Sie stopfte ihre Füße hinein und folgte ihm von der Treppe weg zur Tür, wo sie die Sirenen lauter werden hörte.

Alex steckte seine Waffe in seinen Hosenbund am unteren Rücken und öffnete die Vordertür, als ein Streifenwagen in die Einfahrt fuhr. Es war die Stadtpolizei, bemerkte sie. Der Beamte schaltete die Sirene ab, ließ aber die Lichter an, und stieg aus seinem Fahrzeug aus, dann ging er den Gehweg entlang.

»Dr. Randall?«

»Ja. Kommen Sie rein, Officer.«

»Ich bin Officer Danby.« Der Mann trat über die Schwelle und stieß einen leisen Pfiff aus, als er den Schaden begutachtete.

»Entweder war jemand ein schlechter Schütze, oder Sie hatten Glück.«

»Es war dunkel«, antwortete Alex. »Und nur damit Sie es wissen, ich bin bewaffnet.« Er deutete auf seinen Rücken.

Der Blick des Beamten schärfte sich, und er legte eine Hand auf den Griff seiner Waffe. »Entfernen Sie die Waffe langsam und übergeben Sie sie mir bitte.«

Alex tat wie gebeten.

»Haben Sie zurückgeschossen?«, fragte Danby und überprüfte die Sicherung an Alex' Waffe. Er steckte sie in seinen Gürtel.

»Nein. Er überraschte uns, als wir herunterkamen, um nachzusehen und den Alarm auszuschalten. Ich habe das geholt, als wir zurück nach oben rannten. Ich musste es nie benutzen. Er floh, als er Ihre Sirene hörte.«

Danby nickte und griff nach dem Funkmikrofon an seiner Schulter. »Zentrale, schicken Sie weitere Einheiten zu meinem Standort, einschließlich K-9. Einbruchsverdächtiger zu Fuß geflohen.«

»Verstanden, sende zusätzliche Einheiten.«

Der Beamte ließ das Mikrofon zurück an seinen Platz fallen und richtete seine Aufmerksamkeit auf sie. »Was ist passiert?«

»Wir waren im Bett, und der Alarm ging los. Wir kamen nach unten zu einer zerbrochenen Schiebetür.«

»Aber niemand war im Raum?«

»Nein«, sagte Katie. »Er kam aus dem Flur heraus, nachdem Alex den Alarm ausgeschaltet hatte. Ich sah ihn direkt bevor er seine Waffe hob und auf uns schoss. Es traf die Wand hinter mir.« Sie zeigte auf das Loch in der Wand links von der

Tür. »Wir flüchteten die Treppe hinauf, und er schoss mehrmals.« Sie deutete auf das zerbrochene Fenster und die Löcher in der Wand, die die Treppe hinaufführten.

»Hat einer von Ihnen sein Gesicht gesehen?«

Katie warf einen Blick auf Alex, dann drehten sich beide zum Deputy und schüttelten die Köpfe. »Nein. Es war zu dunkel.«

»Er war ganz in Schwarz gekleidet. Er war weiß und etwa 1,80 Meter groß. Das ist alles, was ich Ihnen sagen kann.«

»Schlank? Muskulös?«

Sie tauschten einen weiteren Blick aus.

»Durchschnittlich«, sagte Katie.

Die Vordertür öffnete sich erneut und ließ einen weiteren Beamten herein. Seb war direkt hinter ihm.

»Seid ihr beiden okay?«

»Uns geht's gut«, antwortete Alex. »Erschüttert, aber unverletzt.«

»Der K-9 ist draußen. Hoffentlich können wir diesen Kerl aufspüren.«

»Ich glaube, er ist durch die zerbrochene Schiebetür geflohen«, sagte Katie. »Ich erinnere mich nicht, die Vordertür zugehen gehört zu haben.« Sie umarmte sich selbst fester, ein feines Zittern lief durch sie. Jetzt, da das Adrenalin nachließ, begann sie die Kälte von den zerbrochenen Fenstern zu spüren.

»Okay. Officer, sagen Sie dem K-9, wo er mit der Suche beginnen soll, dann helfen Sie, den Tatort zu sichern. Da Frau Mitchum bei unserer Forensikabteilung ist, habe ich den Nachbarlandkreis um Unterstützung gebeten. Sie sollten innerhalb einer Stunde jemanden hier haben.«

»Jawohl, Sir.« Der Beamte ging.

Katie kräuselte die Zehen in ihren Stiefeln und hüpfte ein wenig, um sich aufzuwärmen. Alex bemerkte es.

»Jesus, Katie, du musst frieren.« Er ging zum Sofa und nahm die Decke, die sie früher benutzt hatte, und wickelte sie um ihre Schultern.

»Danke.« Sie krallte ihre Finger über den Rand und hielt sie eng, begrüßte ihre Wärme, dann blickte sie zu Seb. »Was nun? Das sollte der sicherste Ort für uns sein. Wenn er so nah an Alex mit seiner Alarmanlage herankommen konnte, wäre meine Wohnung ein Kinderspiel.«

»Ich habe auf dem Weg hierher darüber nachgedacht. Ihr könntet im Gasthof übernachten-«

»Nein.« Katie unterbrach ihn. »Ich werde Londons Geschäft nicht in Gefahr bringen. Sie hat das mit Marsters durchge-macht. Wir werden das nicht wieder tun.«

»Ja, aber die Sicherheit ist viel besser als damals. Außerdem wissen die meisten hier, dass ich jetzt dort wohne.«

»Spielt keine Rolle. Wähle einen anderen Ort.«

Seb runzelte die Stirn. »Okay. Was ist mit dem Broken Bow? Mein Haus und das von Thomas stehen leer. Beide haben Alarmanlagen.«

»Haben deine Eltern nicht die Kinder, die ihr gefunden habt, bei sich?«, fragte Alex.

Seb nickte.

Jetzt war Alex an der Reihe, die Stirn zu runzeln. »Ich mag die Idee nicht, ihnen mehr Gefahr zu bringen. Besonders da es mit ihrem Fall verbunden zu sein scheint. Wir könnten einfach hierbleiben. Nicht heute Nacht, da die Fenster kaputt sind, aber wir könnten sie morgen verkleiden lassen und dann zurückkommen. Ich meine, wie wahrscheinlich ist es, dass sie hier zweimal zuschlagen?«

»Besser als du denkst«, sagte Seb.

»Aber wo sonst können wir hingehen?«, fragte Katie.

»Was ist mit einem Hotel?«, schlug Alex vor. »Pueblo ist eine Stunde entfernt. Der Arbeitsweg würde nerven, aber es ist machbar.«

Seb seufzte. »Ich schätze, das würde funktionieren, wenn es euch beiden nichts ausmacht zu pendeln.«

»Es ist in Ordnung«, sagte Katie.

Alex gab ein schnelles Nicken. »Dann sind wir uns einig.«

»Okay. Ich mache die Reservierungen, nur für den Fall, dass jemand eine eurer Kreditkarten in die Hände bekommt.« Er grinste plötzlich. »Buche ich ein Zimmer oder zwei?«

Katie errötete bis zu den Haarwurzeln und warf einen Blick auf Alex. Er starrte sie an, seine Augen verdunkelten sich, dann blickte er zu Seb.

»Eins. Aber mit zwei Betten.«

Seb lachte. »Wenn du meinst.« Er nahm sein Handy heraus. »Geht euch anziehen und packen. Wir werden auf dem Weg nach Pueblo bei Katies Wohnung vorbeischauen, um einige ihrer Sachen zu holen.«

Mit noch immer flammendem Gesicht eilte sie an ihm und Alex vorbei, um ihre Kleider zu suchen. Diese Situation wurde einfach immer besser und besser.

Sechs

K atie unterdrückte ein Gähnen und blinzelte, um ihren Computerbildschirm wieder scharf zu sehen. Sie griff nach dem lauwarmen Kaffee auf ihrem Schreibtisch und nahm einen Schluck. Selbst ein Eimer voll davon würde heute nicht ausreichen, um sie wach zu halten.

Nachdem Seb sie in einem Hotel in Pueblo abgesetzt hatte, war das Einschlafen kein Problem mehr gewesen. Katie war auf eines der Betten gefallen und sofort weggetreten. Aber zu diesem Zeitpunkt war es bereits nach drei Uhr, also hatte sie nur ein paar Stunden geschlafen, bevor sie aufstehen mussten, um zur Arbeit nach Silver Gap zurückzufahren.

Ihr Telefon klingelte, und sie nahm ab, während sie ein weiteres Gähnen unterdrückte. »Forensik. Katie hier.«

»Hey, hier ist Jackie. Mädchen, du wirst nicht glauben, was ich gefunden habe.«

Katie wurde hellhörig, als sie die Stimme ihrer Freundin und Kollegin hörte. Jackie Bollen arbeitete für den angrenzenden Bezirk, wohin Seb die Beweise aus Alex' Haus geschickt hatte.

»Was hast du gefunden?«

»Ist dieser gutaussehende Gerichtsmediziner da? Er sollte das auch hören.«

Katie schaute auf und sah sich im Raum um. Sie konnte Alex nicht sehen, aber seine Tür stand offen.

»Ja. Warte kurz.« Sie stellte Jackie auf Halten, dann leitete sie das Gespräch an Alex' Leitung weiter, bevor sie durch das Labor zu seinem Büro eilte.

Er blickte überrascht auf, als sie durch die Tür stürmte, genau als sein Telefon klingelte.

»Geh ran.« Sie deutete auf sein Telefon und stellte sich neben ihn. »Ich habe gerade ein Gespräch von meinem Telefon weitergeleitet. Es ist Jackie mit einem Bericht über dein Haus.«

Er drückte die Freisprechknopf. »Dr. Randall hier.«

»Und ich, Jackie«, sagte Katie.

»Gut. Also, ich habe die Kugeln untersucht, die wir aus den Wänden geholt haben, und sie stimmen mit *zwölf* Morden im westlichen Teil der Vereinigten Staaten überein.«

»Zwölf?« Alex drehte sich zu Katie um, die ihn mit dem gleichen ungläubigen Blick anstarrte.

»Ja. Ich konnte es auch nicht glauben, also habe ich etwas tiefer gegraben. Die Polizei geht in mehreren Fällen davon aus, dass es sich um Auftragsmorde handelt.«

»Er kann nicht viel kosten. Zum Glück kann er nicht zielen«, sagte Katie.

Alex blickte wieder zu ihr auf und hob eine Augenbraue.

»Was? Es stimmt doch. Er hat zweimal versucht, auf uns zu schießen, und beide Male daneben getroffen. Mit mehreren Schüssen.«

Er seufzte, schüttelte den Kopf und wandte sich wieder dem Telefon zu. »Hast du sonst noch etwas herausgefunden?«

»Noch nicht. Ich dachte nur, ihr solltet wissen, womit ihr es zu tun habt.«

»Wir sind dir dankbar. Danke, Jackie.« Katie beugte sich über Alex' Schulter und hob den Hörer ab, dann legte sie ihn wieder auf, um das Gespräch zu beenden.

Er lehnte sich zurück und drehte sich zu ihr um. »Nun.«

»Ja.«

»Ich denke, wir sollten nochmal mit Seb sprechen.«

»Da stimme ich zu.« Sie deutete auf das Telefon. »Ruf ihn an.«

Alex seufzte und schürzte die Lippen, drehte sich dann aber um und nahm den Hörer ab. Er hatte erst die Hälfte der Nummern eingegeben, als sich die Labortüren öffneten und Seb hereinkam. Katie konnte an seinem angespannten Kiefer und der Falte zwischen seinen Augenbrauen erkennen, dass Jackie ihn zuerst angerufen hatte.

Er steuerte direkt auf Alex' Büro zu, als er sie hinter dem Schreibtisch entdeckte. »Wir müssen reden.« Er trat ein und schloss die Tür.

»Wir wissen Bescheid«, sagte Alex. »Jackie hat uns angerufen, nachdem sie dich angerufen hat.«

»Ich glaube, es wäre am sichersten, wenn wir das alles dem FBI übergeben.«

»Du *warst* beim FBI«, sagte Katie.

»Betonung auf der Vergangenheitsform. Ich habe vielleicht die Ermittlungsfähigkeiten, aber nicht die Ressourcen. Ohne Paulsons oder Brandts Kooperation brauchen wir die.

Außerdem denke ich, dass die Gefahr für euch beide mit den Leichen verschwindet.«

»Und was ist mit Amanda?«, fragte Alex.

Seb zuckte mit den Schultern. »Vielleicht lassen sie sie gehen, wenn alle unsere Beweise an die Bundesbehörden gehen.«

»Oder sie werden sie töten.«

»Das ist lächerlich«, sagte Katie. Sie ging um den Schreibtisch herum auf Seb zu. »Wir müssen nur herausfinden, was sie zu verbergen versuchen. Ich habe das Gefühl, es hat mit dem Mädchen zu tun, dem Amanda neulich so viel Aufmerksamkeit geschenkt hat. Die, von der ich dachte, sie wäre verlegt worden. Sie ist der Schlüssel.« Sie schaute zu Seb auf, der die Tür blockierte. »Ich brauche dich, um aus dem Weg zu gehen, damit ich wieder an die Arbeit kann.«

Er runzelte nur die Stirn und blickte auf sie herab. »Ich meine es ernst, Katie. Ich denke, wir sollten das jetzt den Feds überlassen.«

Sie verdrehte die Augen und warf einen Blick zurück auf Alex. »Unterstütz mich hier. Lass uns die Jane Doe nochmal ganz genau unter die Lupe nehmen. Da muss irgendwas sein.«

Alex zögerte, sein Blick wanderte zwischen ihnen hin und her, bis er seufzte und sich mit der Hand durch die Haare fuhr. »Gib es noch nicht weiter. Lass uns wenigstens versuchen.«

Sebs Mund wurde schmal. Er starrte sie noch einen Moment länger an, sein Gesichtsausdruck hart. »Ihr habt das Wochenende. Wenn ihr bis Montagmorgen nichts habt – oder etwas anderes passiert – rufe ich das FBI an.« Er sah Katie an. »Einverstanden?«

Sie nickte. Damit konnte sie arbeiten. »Einverstanden.«

»Okay. In der Zwischenzeit sind meine Deputies jetzt eure besten Freunde. Einer wird jederzeit bei euch sein, auch hier im Krankenhaus. Keiner von euch geht irgendwohin allein, selbst hier nicht. Wenn einer von euch das Labor verlässt und der andere auch gehen muss, müsst ihr warten, bis einer meiner Deputies hier ist, um euch zu begleiten.«

»Im Ernst?« Katie verschränkte die Arme und starrte zu ihm hoch. »Brauchen wir wirklich Schatten?«

»Jemand hat versucht, auf euch zu schießen. Zweimal. Ja. Ihr braucht sie.«

Sie knurrte leise. Seb beugte die Knie, um ihr in die Augen zu schauen.

»Du wirst dich benehmen, ja? Denn ich kann den Fall immer noch an mich nehmen, wenn du dich nicht an meine Regeln hältst.«

»Sie wird brav sein.« Alex stand auf. »Wir werden vorsichtig sein.«

»Gut. Gentry sitzt direkt vor den Labortüren. Ich muss zurück zur Wache. Ruft mich an, wenn ihr mich braucht.« Er drehte sich zum Gehen um, hielt aber inne und sah zurück. »Und lasst mich wissen, wann ihr bereit seid, nach Pueblo zu fahren.«

Sie nickten, und er ging mit einem Winken. Katie runzelte die Stirn, während sie seiner großen Gestalt nachsah, wie er das Labor verließ. Das war Mist.

Sie wusste allerdings, wie sie es besser machen konnte. Indem sie herausfand, was die Bösewichte so eifrig zu verbergen suchten.

»Komm schon.« Sie blickte Alex an. »Lass uns noch einen Blick auf die Leiche werfen.«

ALEX VERSUCHTE, KATIE NICHT ANZUSTARREN, WIE SIE MIT überkreuzten Beinen auf dem Bett saß. Sie knabberte an Nachos mit Toppings, während sie die offene Akte vor ihr studierte. Sie hatten noch mehrere Stunden gearbeitet, bevor sie Feierabend machten. Nach Stopps für Kleidung und Essen checkten sie in ihrem Hotelzimmer ein. Katie schloss sich im Badezimmer ein, um zu duschen, sobald sie hereinkamen. Jetzt saß sie ihm gegenüber in ihren winzigen Pyjama-Shorts und einem lockeren Oberteil. Zumindest trug sie einen Sport-BH unter dem Shirt. Er konnte den Träger sehen, der unter dem Ausschnitt hervorlugte, der jedes Mal tiefer rutschte, wenn sie nach etwas griff. Sie versuchte, ihn umzubringen.

Aber das Spiel konnte auch zu zweit gespielt werden. Er hatte einen Blick auf ihre Kleidung geworfen und sich entschuldigt, um ebenfalls zu duschen. Als er in den Hauptraum zurückkehrte, trug er nur seine marineblaue Loungehose und hatte sein T-Shirt absichtlich in seiner Tasche gelassen. Es war es wert gewesen, ihr Gesicht zu sehen. Zwei Flecken Farbe erhellten ihre Wangen, und diese großen haselnussbraunen Augen wurden dunkel, als sie auf seine nackte Brust starrte. Sie biss jedoch nicht an. Er wusste, dass sie ihn attraktiv fand. Das Gefühl war gegenseitig. Aber aus irgendeinem Grund zögerte sie, sich einzulassen.

Sie trieb ihn in den Wahnsinn. Vor einer Woche hätte er zu einer Beziehung noch Nein gesagt, aber in den letzten Tagen hatte sich etwas verändert. Er fand ihre Schlagfertigkeit jetzt anregend statt nervig. Er hatte das Gefühl, dass ihr Abendessen neulich schuld daran war. Sie besser kennenzulernen veränderte die Art, wie er sie sah, und er mochte, was er sah.

Käsesauce von ihren Nachos verschmierte ihren Mundwinkel, als sie einen weiteren Bissen nahm. Ihre Zunge schnellte hervor, um sie wegzulecken, und Alex unterdrückte ein Stöhnen. Er verlagerte sein Gewicht und zog seine Knie an, um seine Reaktion auf sie zu verbergen. Er brauchte eine Ablenkung.

»Lass uns durchgehen, was wir wissen.«

Sie sah auf und seufzte. »Okay. Womit willst du anfangen?«

»Das Opfer. White glaubt, sie war etwa fünfzehn, als sie starb, kann mir aber nicht wirklich sagen, wie lange sie schon in der Erde liegt.«

Sie runzelte die Stirn. »Aufgrund des Kleidungsstils, den sie trug, würde ich sagen, sie ist seit fünfzehn bis zwanzig Jahren tot.«

»Das ergibt Sinn. Die Paulsons haben ihre Operation vor etwa zwanzig Jahren begonnen. Vielleicht haben sie früh die Segel gestrichen und hatten Angst, ihren Körper zurückzulassen, also haben sie sie mitgenommen.«

Katie schauderte. »Diese beiden sind krank.« Sie schob ihre Nachos weg. »Ich werde morgen einige Fluoreszenztechniken ausprobieren und schauen, ob ich einige Stilnummern von den Etiketten ihrer Kleidung ablesen kann. Ich kann sie mit der Marke abgleichen und vielleicht das Jahr herausfinden, in dem sie produziert wurden.«

Er nickte. »Ich habe Seb gesagt, er soll für seine Vermisstensuche zehn Jahre zurückgehen, aber ich werde ihm morgen früh sagen, dass er sie um weitere zehn Jahre erweitern soll. Was hast du noch bemerkt?«

»Es war kein Blut auf ihrer Kleidung. Habt ihr oder White irgendetwas gefunden, das auf die Todesursache hindeutet?«

»Nein. Sie hatte einige alte Frakturen in mehreren Knochen, aber alle zeigten ein gewisses Maß an Umbildung.«

»Okay. Kannst du mir eine Probe ihres Oberschenkelknochens besorgen? Ich werde ihn auf Drogen testen. Wenn die Werte nicht extrem hoch sind, wird es uns nicht sagen, ob das die Todesursache war, aber es kann uns definitiv sagen, ob sie beteiligt waren. Es kann uns auch mehr über sie sagen. Welche Art von Wasser sie getrunken hat, Ernährung – so was in der Art.«

»Wie lange wird das dauern?«

Sie runzelte die Stirn. »Es wird Sonntag sein, bevor ich Tests an der Probe durchführen kann. Sie muss erst etwa achtzehn Stunden in Methanol einweichen. Aber sobald dieser Schritt abgeschlossen ist, dauern Trocknung und Tests nur eine Stunde, vielleicht.«

Alex schloss seine jetzt leere To-Go-Box und legte seine Arme über seine angewinkelten Knie. »Wir kommen Sebs Frist wirklich nahe.«

»Ich weiß. Aber es geht nicht anders. Die Tests brauchen Zeit.«

Er seufzte. »Ich wünschte, Seb könnte Paulson oder Brandt zum Reden bringen. Wer auch immer sie decken, muss ihnen mehr Angst machen als all die Gefängniszeit, die ihnen bevorsteht.« Er ließ seine Beine fallen und stand auf, nahm die Reste seines Abendessens und deutete dann auf ihre. »Bist du fertig?«

Sie nickte, rümpfte die Nase und reichte sie ihm. Er wusste, wie sie sich fühlte. Sein Essen lag wie Blei in seinem Magen. Sie hätten ein anderes Gesprächsthema fürs Abendessen wählen sollen.

»Ich fühle mich jetzt schmutzig«, sagte sie und stand auf, um die Akten wegzuräumen. »Als ob ich noch eine Dusche bräuchte.«

Alex warf die Take-out-Boxen in den Müll und sah zurück. Sie stand neben dem Schreibtisch mit den Armen um ihre Mitte geschlungen. Eine kleine Falte verunstaltete ihr Gesicht. Sein Herz zuckte bei diesem Anblick. Er hasste es, sie aufgebracht zu sehen.

»Hey.« Er ging zu ihr und legte seine Hände auf ihre Oberarme, strich leicht über ihre Haut. »Wir werden herausfinden, wer sie ist und wer hinter uns her ist.«

Ihr Mund verzog sich zu einer Seite, und sie blickte durch ihre Wimpern zu ihm auf. »Ich weiß. Es löscht den Ekel trotzdem nicht aus.« Sie ließ ihre Arme sinken und neigte ihren Kopf, um ihn anzusehen. »Warum müssen manche Menschen so verdreht sein?«

Er führte seine Hände ihre Arme hinauf über ihre Schultern, um ihren Kopf zu umfassen. Seine Daumen strichen über ihre Wangen, während seine Finger sich durch ihr feuchtes Haar schlängelten. »Gott allein weiß das, Schatz. Aber deshalb tun wir, was wir tun. Um sie zu stoppen.«

Sie hob ihre Hände, um seine zu bedecken, und starrte mit ihren hübschen haselnussbraunen Augen zu ihm auf. Alex verlor sich in ihrem Blick. Er verlagerte seine Haltung, um sie näher zu bringen, und beugte sich herunter. Sie beobachtete ihn, als er sich näherte.

»Wenn ich dich noch einmal küsse, will ich nicht aufhören.«

Ein feines Zittern durchlief sie bei seinen Worten, und ihre Pupillen weiteten sich. Als Antwort streckte sie sich und presste ihren Mund auf seinen.

〜

Was zum Teufel mache ich da?

Katie schlang ihre Arme um Alex' Nacken und drückte sich an seine nackte Brust. Der verdammte Mann tat das mit Absicht. Kam halbnackt heraus, um sie zu zwingen, sich mit ihren Gefühlen auseinanderzusetzen. Mit dem Stress des Falls und der Erinnerung daran, wie es sich anfühlte, in seiner Umarmung zu sein, war sie verloren. Sie würde es wahrscheinlich bereuen, wenn er entschied, dass sie nicht das war, was er in einer langfristigen Beziehung wollte, aber im Moment konnte sie sich nicht dazu bringen, sich darum zu kümmern. Er drückte alle richtigen Knöpfe und erfüllte alle Anforderungen für das, was sie an einem Mann unwiderstehlich fand.

Seine Hände glitten ihre Arme hinunter, um ihre Taille zu umfassen, bevor sie sich herumbewegten, eine Hand auf ihrem Rücken, die andere knetete ihren Hintern. Er machte zwei Schritte vorwärts, drängte sie zurück, und sie fielen aufs Bett. Ihre Augen rollten zurück, bis sie ihr Gehirn sehen konnte, als sein Mund den ihren verließ, um ihren Hals entlang und unter den Ausschnitt ihres Oberteils zu wandern. Diese Bartstoppeln fühlten sich so gut an!

Sie fuhr mit ihren Fingern an seinen Seiten hoch und genoss das Gefühl von Muskeln über Knochen. Er sog scharf Luft ein und zog sich zurück, griff nach dem Saum ihres Shirts und zog es über ihren Kopf. Katie wartete nicht darauf, dass er ihren BH auszog. Sie zog ihn schnell über den Kopf, warf ihn auf den Boden und griff wieder nach ihm. Er wich ihrem Griff jedoch aus, um seinen Kopf zu beugen und eine Brustwarze in den Mund zu nehmen.

Heilige Hölle!

Sie ergriff Büschel seines Haares und hielt sich fest, während er sie den Gipfel hinauftrieb.

Als er spürte, dass sie die Kontrolle verlor, hob er seinen Kopf. In seinen Augen tanzte Schalk.

»Das hat dir gefallen, oder?«

»Nein. Es war furchtbar«, konterte sie atemlos. »Warum hast du aufgehört?«

Er setzte sich auf. »Ich hatte andere Pläne, um dich beim ersten Mal über die Kante zu schicken.« Er umfasste ihre Brüste und ließ seine Hände über ihren Oberkörper zu ihren Hüften gleiten. Er packte ihre Pyjamashorts und ihr Höschen und zog sie ihre Beine hinunter. Seine Augen wurden tiefindigo, als er sich auf ihren nun entblößten Kern konzentrierte. Ohne nachzudenken fielen ihre Knie auseinander.

»Verdammt«, flüsterte er und blickte zu ihr auf. »Wir müssen das in die Länge ziehen, denn ich habe nur ein Kondom.«

»Ich nehme die Pille. Und ich bin gesund. Ich habe mich nach meiner Scheidung dessen vergewissert.«

Ein verschmitztes Lächeln huschte über sein Gesicht, und er stand auf, zog seine Hose und Boxershorts aus. Bei seinem Anblick verließ alle Feuchtigkeit ihren Mund und floss nach Süden.

Er bemerkte, worauf ihr Blick gerichtet war, und sein Lächeln wurde breiter. »Ich bin froh, dass wir so viel Spaß haben können, wie wir wollen, aber ich habe immer noch Pläne für dich, bevor wir diesen Weg einschlagen.«

Katie quietschte auf, als er ihre Knöchel packte und sie an den Rand des Bettes zog, vor ihr kniend. *Ja!* Sie legte ihren Kopf zurück und schloss ihre Augen, in Erwartung des Gefühls seiner rauen Stoppeln auf ihrer empfindlichen Haut.

Er enttäuschte nicht. Als er sich küssend ihren inneren Oberschenkel hinabarbeitete, ließ seine erste Berührung ihres Kerns sie von der Matratze aufbäumen. Alex schloss seine Arme um ihre Oberschenkel und hielt sie an Ort und Stelle. Katie war hilflos, konnte nichts anderes tun, als die Bettlaken zu packen, während er sie mit seinem teuflischen Mund und noch teuflischeren Bart über den Abgrund schickte.

Sie bekam keine Chance, wieder herunterzukommen, bevor er aufstand und sie das Bett hinaufschob. Er ließ sich zwischen ihren Beinen nieder und glitt mit einem glatten Stoß in sie hinein. Sie kreuzte ihre Knöchel hinter seinem Rücken und hielt sich fest, während er sie wieder den Gipfel hinauftrieb.

Hitze wand sich in ihrem Bauch, ihre Haut wurde schweißnass. Ihre leisen Seufzer und Stöhnen füllten den kleinen Raum und wurden zu Lustschreien, als sie gemeinsam über den Rand fielen.

Katies Knochen lösten sich auf, als Welle um Welle des intensivsten Orgasmus, den sie je erlebt hatte, über sie hinwegrollte. Sie schmolz ins Bett und genoss Alex' Gewicht auf ihr.

Er stöhnte, als er von seinem eigenen Höhepunkt herunterkam und sich zur Seite rollte. Sie zitterte, als die kühle Luft ihre feuchte, erhitzte Haut traf. Alex zog sie an seine Seite und zog die Decken über sie.

»Jetzt brauchen wir wirklich noch eine Dusche«, sagte sie, ihre Augen wurden schwer.

Er lachte und küsste ihren Kopf. »Noch nicht. Ich brauche ein paar Minuten.«

Sie hob ihren Kopf, um ihn anzusehen. Er hatte seine Augen geschlossen. »Wer hat gesagt, dass ich wollte, dass du mit mir kommst?«

Er hob eine Augenbraue, öffnete aber nicht seine Augen. Ein Lächeln verzog einen Mundwinkel.

Katie kicherte. »Okay. Aber ich weiß nicht, wie du irgendetwas dort drin hinkriegen willst. Es ist nicht gerade der geräumigste Bereich.«

Sein Lächeln wurde breiter. »Du wirst schon sehen.«

Etwas Energie kehrte bei seinen Worten und dem Grinsen des Cheshire-Katers in seinem Gesicht in ihre Knochen zurück. »Eingebildeter Mistkerl, nicht wahr?«

Das brachte ihn dazu, seine Augen zu öffnen. In ihren Tiefen funkelte Schalk. Es machte Spaß, den Bären zu necken. Er rollte sich auf die Seite, seine Hand glitt über ihre Brust, um an der Brustwarze zu zupfen.

Ihre Augen flatterten zu und ihre Lippen teilten sich zu einem Seufzer.

So viel Spaß...

Sieben

»Hast du deine Tests vorbereitet?« Alex kam hinter Katie heran und gab sich Mühe, sich nicht an sie zu lehnen. Sie hatte ihr Haar mit einem Bleistift zu einem Knoten hochgesteckt, um es aus dem Weg zu halten, was ihren Nacken freiließ. Er wollte seine Nase hinter ihr Ohr vergraben und sie einatmen.

Sie blickte zurück und lächelte, ihre Augen leuchteten vor Verlangen, als sie ihn ansah. »Ja. Warum?«

»Ich bin bereit, hier rauszukommen. Wie wär's, wenn wir eine Felswand suchen und etwas klettern gehen? Das Wetter ist super.«

Ein Stirnrunzeln ließ ihre Augenbrauen sinken. »Jetzt? Wir haben nicht mehr viel Tageslicht übrig. Und was ist mit diesem Fall?«

Er zuckte mit den Schultern. »Wir haben noch mehrere Stunden. Es ist erst zwei. Ich habe einen Haufen Campingausrüstung in meiner Garage. Wir könnten einen Platz finden und über Nacht draußen bleiben. Und wir spielen jetzt ein Wartespiel, bis die Tests bereit sind und du Informationen über die

Kleidung des Opfers bekommst. Dr. White und ich haben unsere vorläufigen Autopsien abgeschlossen. Er möchte noch einige tiefere Analysen der Knochen durchführen, aber das ist ganz seine Sache. Ich mache keine Skelette.«

»Er braucht vielleicht meine Hilfe.«

»Devin kann das übernehmen. Komm schon, Katie. Wir brauchen beide eine Pause.«

Sie starrte ihn mehrere Momente an, bevor sie nickte. »Okay. Lass mich diese in den Beweisschrank legen, dann können wir gehen.«

Alex widerstand dem Drang, einen Faustpump zu machen. Arbeiten war das Letzte, was er heute nach der letzten Nacht tun wollte. Er wollte mit ihr allein sein und eine Wiederholung haben. »Ich sage Sebs Deputy Bescheid.« Er trat zurück, um ihr Zeit zu geben, ihren Arbeitsplatz aufzuräumen, und ging, um dem Deputy ihren Plan mitzuteilen. Er würde wahrscheinlich protestieren, aber das war Alex egal. Sie würden mitten im Nirgendwo sein. Es wäre schwer, ihnen unbemerkt zu folgen.

Er nahm sein Handy heraus, mit der Absicht, den Deputy zu umgehen und direkt zum Chef zu gehen. Der junge Mann, der vor dem Labor saß, konnte nicht protestieren, wenn sein Chef sagte, dass es in Ordnung sei.

Seb nahm beim dritten Klingeln ab. »Hey, Alex. Stimmt etwas nicht?«

»Nein. Katie und ich hauen ab. Es gibt nicht viel, was wir tun können, bis ihre Tests abgeschlossen sind. Wir werden in die Berge fahren und etwas klettern. Wahrscheinlich über Nacht draußen bleiben.«

»Ihr wollt zelten gehen? Jetzt? Mein Deputy hat keine Lust, euch beiden die ganze Nacht zuzuhören.«

»Woher willst du wissen, dass wir das tun werden?«

»Meine Deputies haben Augen, Doc. Gentry hat die Veränderung in eurer Beziehung gemeldet, als er mich heute Morgen informierte. Ihr wart nicht gerade diskret mit dem Kuss, den du ihr gegeben hast, bevor ihr das Krankenhaus betreten habt.«

Alex lächelte, als er sich erinnerte. Das *war* schön gewesen. Er wusste, dass sie drinnen professionell bleiben mussten, also hatte er sichergestellt, dass der Kuss ausreichen würde, bis sie wieder gehen konnten. Es war allerdings irgendwie nach hinten losgegangen. Es machte ihn nur noch mehr verlangen.

»Der Deputy kann am Trailhead zurückbleiben. Wenn wir sicherstellen, dass uns niemand dorthin folgt, sollten wir sicher sein.«

Seb seufzte. Alex konnte ihn sich vorstellen, wie er seine Stirn kniff, während er nachdachte.

»Schaut auf dem Weg zum Broken Bow vorbei und holt euch ein Satellitentelefon. Dein Handy wird in den Bergen nicht funktionieren.«

»Machen wir. Danke, Seb, dass du nicht diskutierst.«

»Ich verstehe das Bedürfnis, wegzukommen. Das tue ich. Passt nur auf euch auf. Nimm deine Waffe mit und werde nicht nachlässig. Und lasst eure Handys zu Hause, nur für den Fall, dass sie verfolgt werden.«

Alex stimmte zu und legte auf. Er hoffte, dass sie keinen Fehler machten, aber er würde nicht zulassen, dass dieser Wahnsinnige bestimmt, wie er sein Leben lebt. Er wusste, dass Katie genauso fühlte. Sie hatte gegen den Personenschutz gekämpft, den Seb ihr vor ein paar Monaten auferlegt hatte, als sie den USB-Stick hatte, von dem Tim Masterson und Jared Fetter dachten, sie hätten ihn bei dem Laborbrand zerstört. Sie hatte sich gefügt, aber laut protestiert. Alex wusste, wenn es viel länger gedauert hätte, hätte sie Seb gesagt, er solle verschwinden.

Er steckte den Kopf durch die Labortür und teilte dem jungen Deputy namens Reeves mit, was sie vorhatten und dass Seb bereits zugestimmt hatte. Mit einem Nicken bestätigte Reeves. Alex ging zurück ins Labor, um Amos über den Plan zu informieren.

Der ältere Mann schaute auf, als er sich dem Tisch näherte, an dem er am Opfer Nummer fünf arbeitete, einem Jungen von etwa dreizehn Jahren.

»Katie und ich gehen für heute. Sie hat einige Proben in Vorbereitung, aber die werden erst morgen bereit sein zum Testen. Wenn du etwas brauchst, bitte Devin um Hilfe.«

»Nehmt euch eine Auszeit, hm? Ich kann es euch nicht verdenken. Es waren ein paar verrückte Tage für euch beide.«

»Ja. Wir gehen klettern und über Nacht zelten. Etwas Ruhe wird uns beiden gut tun.«

»Na, seid vorsichtig. Kann ich dich erreichen, wenn ich dich brauche?«

Alex nickte. »Wir nehmen ein Satellitentelefon mit. Ich kenne die Nummer noch nicht, aber ich schicke sie dir per SMS, sobald wir anhalten und es abholen.«

»Klingt gut. Viel Spaß.«

Katie kam mit ihrer Handtasche herauf. »Ich bin bereit.«

Er lächelte auf sie hinab. »Lass mich mein Büro abschließen.«

Nachdem sie ihre Sachen zusammengepackt hatten, verabschiedeten sie sich vom Personal und verließen das Labor. Reeves folgte ihnen auf den Fersen zum Parkplatz, wo sie in Alex' SUV stiegen, mit dem Deputy am Steuer. Alex knirschte mit den Zähnen während der gesamten Fahrt – genau wie bei der Fahrt nach und von Pueblo – aber selbst er erkannte, dass es klug war, die Deputies fahren zu lassen. Er und Katie waren nicht im defensiven Fahren ausgebildet; die Deputies schon.

Das bedeutete aber nicht, dass es ihm gefiel. Katie griff nach seiner Hand und tat ihr Bestes, ihn mit Gesprächen abzulenken, da sie wusste, dass er sich unwohl fühlte. Er hielt seine Augen auf ihr und nicht auf der vorbeiziehenden Landschaft. Sie machten ein paar kurze Stopps, um ihre Kletter- und Campingausrüstung zu holen und sich umzuziehen, dann einen weiteren beim Broken Bow für das Satellitentelefon. Sebs Mutter versorgte sie mit zusätzlichem Essen für sie und den Deputy. Alex lief das Wasser im Mund zusammen, als er das gebratene Hühnchen sah.

Innerhalb von ein paar Stunden nach Verlassen des Labors hielt Reeves auf einem Parkplatz an einem Trailhead in der Nähe einer anständigen Kletterzone. Es gab einen anderen Ort, den Alex mehr mochte, aber der war viel abgelegener als dieser Standort. Mit dem fortschreitenden Nachmittag hatten sie keine Zeit, dorthin zu wandern und trotzdem genug Tageslicht zum Klettern zu haben.

Reeves reichte ihnen ihre Rucksäcke, Besorgnis in sein junges Gesicht gemeißelt. »Seid ihr sicher, dass ihr das tun wollt?«

Alex blickte zu Katie, deren emphatisches Nicken ihn zum Lächeln brachte.

»Wir sind sicher«, sagte sie und nahm ihre Kletterausrüstung aus dem Kofferraum des SUVs.

Alex nahm seine eigene Ausrüstung und schloss die Heckklappe. »Wir werden in Ordnung sein, Deputy. Nur ausgewählte Personen wissen, wo wir sind, und du hast sichergestellt, dass uns niemand gefolgt ist. Genieße meine ergonomischen Ledersitze und das Premium-Soundsystem. Wir sehen dich morgen früh.«

Reeves seufzte. »Es ist erheblich schöner als der Polizeiwagen.« Sein Gesichtsausdruck wurde ernst. »Passt nur auf euch auf. Wenn etwas auch nur ein kleines bisschen seltsam erscheint, ruft mich an.«

Alex nickte und schnallte die Riemen seines Rucksacks um seine Taille. »Werden wir.« Er sah Katie an. »Bist du bereit?«

»Jep.« Sie ließ ihre Schnalle einrasten. »Lass uns gehen.«

Sie winkten Reeves zu und machten sich auf den Weg den Pfad entlang. Es war etwa eine Meile bis zur Felswand über hügeliges Gelände. Glücklicherweise war der Weg gut begangen, so dass sie sich nicht durch dichtes Unterholz kämpfen mussten. Sie hielten ein schnelles Tempo und erreichten die Kletterzone in etwas mehr als einer halben Stunde.

Nachdem sie ihre Campingausrüstung und Lebensmittel zusammengebunden hatten, begannen sie, die Kletterausrüstung auszupacken, bereiteten Seile und Flaschenzüge vor. Sobald sie alles so eingerichtet hatten, wie sie es mochten, überprüften sie gegenseitig ihre Ausrüstung, tauschten dann ihre Schuhe und setzten ihre Helme auf. Alex kreidete seine Hände ein und studierte die Klippe, um einen Weg nach oben zu planen.

Katie warf ihm ein Grinsen zu und sprang auf den Felsen, klammerte sich wie ein Affe daran fest. Er bewunderte das Spiel ihrer Muskeln, als sie höher kletterte, bevor er ihr folgte.

Die nächsten paar Stunden arbeiteten sie sich die Felswand hinauf. Mit jedem Fuß höher spürte Alex, wie sein Geist sich entspannte. Es war zu lange her, seit er weg vom Büro gewesen war. Er liebte, was er tat, aber sich ständig in die schmutzigeren Aspekte der menschlichen Natur zu vertiefen, war nicht gesund. Er schwor sich, mehr Zeit wegzunehmen.

Katie schwang seitwärts an der Klippe, um einen weiteren Halt zu erreichen, was seine Augen anzog. Jetzt, da er sie in seinem Leben hatte, klang Zeit abseits der Arbeit viel verlockender.

»Weißt du, wenn wir diesen Fall abschließen, sollten wir überlegen, etwas freizunehmen. Mehr als nur einen Nachmittag.«

Sie hielt inne und schaute über ihre Schulter zu ihm, ruhte einen Moment aus. »Ich wünschte, ich könnte. Bis meine Dissertation fertig ist, ist das hier das Höchste, worauf ich hoffen kann. Aber du amüsier dich.«

Er runzelte die Stirn. »Ich meinte nicht, dass ich alleine gehen wollte.«

»Oh. Nun, ich bin sicher, du könntest jemanden finden, der mit dir geht. Vielleicht Seb oder Jace. Oder Amanda, wenn sie jemals auftaucht und nicht tatsächlich eine Psychopathin ist.« Sie schaute nach oben und stieß sich mit einem Bein höher, um nach ihrem nächsten Halt zu greifen.

»Das ist auch nicht das, was ich meinte.«

Sie seufzte und blickte wieder nach unten. »Was hast du dann gemeint?«

Er starrte mehrere Sekunden zu ihr hinauf. »Dich. Ich will mit dir gehen. Wie konnte dir das nicht in den Sinn kommen?«

Sie zuckte mit den Schultern und begann wieder zu klettern. »Warum sollte es? Diese Sache zwischen uns macht Spaß, aber siehst du wirklich, dass es irgendwohin führt?«

Tat er – wovon zum Teufel sprach sie? Er ließ seinen Blick über den Felsen über ihm schweifen und machte eine Reihe schneller Bewegungen, bis er auf ihrer Höhe war.

»Halt mal einen Moment an. Warum denkst du, wir könnten nichts Ernstes haben? Ich weiß nicht, wie es bei dir ist, aber letzte Nacht war wie keine andere.«

»Nun ja, aber komm schon, Alex. Wir passen nicht gerade zueinander.«

»Inwiefern? Wir sind beide intelligent, haben ähnliche Interessen und arbeiten in verwandten Bereichen. Ich würde sagen, das ist eine ziemlich gute Grundlage für eine Beziehung.«

»Müssen wir darüber reden, während wir an der Seite eines Berges hängen?«

»Ja. Du bist ein Publikum gefangen. Beantworte die Frage.«

Sie verlagerte ihr Gewicht auf den anderen Fuß. »Schau mich an, dann schau dich an. Es gibt ein Bild von dir im Wörterbuch neben dem Wort 'konservativ'. Ich bin nicht mal annähernd so. Ich mag Tattoos und Punkrock. Meine Haare sind öfter leuchtend bunt als nicht, und ich bin nicht gerade für meine zurückhaltende Art bekannt.«

»Mir ist all das Zeug egal. Es ist alles nur Verpackung. Du bist wunderschön, egal welche Farbe dein Haar hat oder was auf deiner Haut ist. Und ich gebe zu, du treibst mich manche Tage in den Wahnsinn, aber ich genieße es, mit dir zu diskutieren. Dein Geist fasziniert mich. Das Leben ist nie langweilig mit dir. Ich liebe das.«

Sie starrte ihn mit weit aufgerissenen Augen an. »Was? Nein. Du bist täglich bereit, mich zu erwürgen.«

»Anfangs ja. Dann machte es einfach Spaß, dich zu provozieren. Deine Augen bekommen diese silberne Farbe und du bläst dich auf wie ein wütender Pfau. Es ist süß.«

Sie warf ihren Kopf zurück und lachte. »Das ist, was ein Mädchen hören will. Mit einem Pfau verglichen zu werden.«

Er kicherte. »Warum nicht? Sie sind atemberaubende Geschöpfe. Mein Punkt ist, ich mag dich. Jeden Tag mehr. Ich möchte nicht, dass das eine Affäre ist, Katie. Das dachte ich, bevor wir Sex hatten. Die letzte Nacht hat meine Gefühle nur gefestigt.«

Sie drehte sich um und starrte auf den Felsen vor ihr. Alex konnte sehen, wie sie seine Worte überdachte. Ihr Gesichtsausdruck durchlief die ganze Bandbreite von nachdenklich bis ungläubig, bevor er sich auf vorsichtige Hoffnung einstellte. Sie schaute ihn wieder an.

»Ich möchte dir glauben, aber ich habe nicht die besten Instinkte bei Männern. Mein Ex wirkte wie ein großartiger Kerl, bis er es nicht mehr war. Ich möchte mich nicht in dich verlieben und dann zusehen, wie du mein Herz zertritts. Ich denke, du könntest millionenfach mehr Schaden anrichten als Jonas es je getan hat.«

Alex verfluchte seine Entscheidung, dieses Gespräch an der Seite des Berges zu führen. Er wollte sie berühren. So sehr. Aber sie steckten fest, wo sie waren, bis sie den Gipfel erreichten.

»Katie, ich weiß, die Dinge waren holprig, seit du ins Labor gezogen bist, aber ich respektiere dich. Sowohl als Kollegin als auch als Frau. Ich möchte sehen, wohin wir mit dem hier gehen können.«

Sie biss sich auf die Lippe und blickte einen Moment weg. »Aber was passiert das erste Mal, wenn wir zu irgendeiner schicken Ärzteveranstaltung gehen und deine Kollegen mich ansehen, als wäre ich das Personal? Und dich ansehen, als würdest du dich herablassen?«

»Die können sich alle ins Knie ficken. Die Menschen, die wichtig sind, werden sich nicht darum kümmern, wie du aussiehst. Sie werden dich für dich selbst schätzen, genau wie ich. Und die Leute, die sich darum kümmern, wie du aussiehst, sind nicht wichtig. Außerdem. Bald wirst du denselben Titel tragen. Ich kann es kaum erwarten, ihre steifen Gesichter zu sehen, wenn du als Dr. Mitchum vorgestellt wirst.«

Das entlockte ihr ein Lächeln, und sie neigte den Kopf. »Ich denke, das wird ein bisschen amüsant sein.«

»Sehr.« Er deutete mit dem Kopf zur Spitze der Klippe. Sie hatten nur noch fünfzig Fuß zu gehen. »Komm, lass uns diesen Aufstieg beenden. Meine Zehen beginnen es zu spüren.« Das galt auch für seine Finger. Es war viel zu lange her, seit er solch eine Sache gemacht hatte.

Sie beendeten ihren Aufstieg, beide verloren in Gedanken und konzentriert auf ihre Bewegungen. Alex' Muskeln brannten, als er sich auf den Gipfel des Bergrückens zog. Katies Kopf erhob sich über den Rand, und er streckte ihr eine Hand entgegen, zog sie herüber. Sie fielen zusammen auf den Boden, hart atmend.

»Oh mein Gott«, atmete sie. »Meine Muskeln hassen mich gerade.«

Er kicherte. »Ich dachte gerade dasselbe. Wir müssen das öfter machen.«

»Der Winter kommt.« Ihre Brust hob sich. »Wir müssten regelmäßige Fahrten nach Pueblo oder Colorado Springs ins Fitnessstudio machen, um mitzuhalten.«

Alex stöhnte und setzte sich auf. »Könnte es wert sein. Verdammt. Mir war nicht klar, dass ich so außer Form bin.«

Sie schnaubte und setzte sich neben ihn. »Was auch immer. Ich habe dich nackt gesehen. Du hast nichts zu befürchten.«

Er gab ihr ein verschmitztes Grinsen. »Muskeln, die zum

Laufen benutzt werden, sind anders als die zum Klettern. Meine Waden brennen.«

»Meine auch.« Sie zog ihre Knie an und legte ihr Kinn darauf, starrte über die Landschaft unter ihnen.

Die Brise wehte über sie, hob Katies bunt gefärbte Strähnen und ließ sie über ihre Schulter tanzen. Einige Strähnen tanzten über ihre Wange. Er streckte die Hand aus, um sie wegzustreichen. Sie drehte sich, um ihn anzusehen.

»Ich weiß, du bist skeptisch bezüglich uns, aber ich gehe nirgendwohin. Du wirst mich satthaben, bevor das passiert.«

Ein Lächeln verzog ihren Mund. »Das ist selbstverständlich.«

Er kicherte und steckte ihr Haar hinter ihr Ohr, lehnte sich näher, um einen sanften Kuss auf ihre Lippen zu drücken. Zurückziehend tippte er auf ihre Nase. »Komm schon. Lass uns runter gehen. Ich verhungere, und Jennys Hähnchen ruft meinen Namen.«

»Ich will diesen Kuchen, den sie eingepackt hat«, sagte Katie und erhob sich.

»Bist du eine dieser Frauen, denen ich nur Schokolade kaufen muss und alles ist vergeben?« Er befestigte ihr Seil an einem Baum.

Ein Mundwinkel hob sich, und sie warf ihm einen Seitenblick zu. »Vielleicht.«

»Das ist gut zu wissen.« Alex stand am Rand der Klippe und ging rückwärts über den Rand.

Sie nahm ihre Position ein und folgte ihm über den Rand. »Wenn du wirklich böse bist, wird es mehr als eine Schachtel Pralinen brauchen, um es bei mir wieder gutzumachen.«

Er grinste. »Zur Kenntnis genommen.«

DAS ZWITSCHERN EINES VOGELS AUF DEM BODEN AUSSERHALB des Zeltes und das sanfte Flattern seiner Flügel, als er den Staub von seinen Federn schüttelte, weckte Katie. Gedämpftes Licht begrüßte sie, als sie die Augen öffnete. Die Sonne ging gerade auf.

Warm und noch nicht bereit, sich zu bewegen, kuschelte sie sich tiefer an Alex' Seite. Sie streckte einen Arm über seine Brust und vergrub ihre Finger in seinen Brusthaaren, liebte das knackige Gefühl davon. Er rührte sich unter ihr, atmete tief ein, als er erwachte. Seine Augen flatterten auf, ihre schläfrigen blauen Tiefen nahmen ihr den Atem. Sie war immer noch geschockt, dass dieser schöne Mann sie wollte. *Sie*. Die tätowierte Großmaul, die lieber an der Seite eines Berges in dehnbaren Shorts und einem Sport-BH hängen würde als in einem schicken Business-Kostüm und High Heels.

»Guten Morgen.« Seine tiefe Stimme vibrierte durch sie, rau vom Schlaf. Hitze durchflutete ihren Kern.

Sie lächelte ihn an. »Guten Morgen.«

Er drehte sich zu ihr, seine freie Hand strich über ihre Hüfte, um ihren Hintern zu packen. Sie schwang ihr Bein über seine Taille, als sein Mund auf ihren traf. Sie hatten sich letzte Nacht erschöpft, aber das spielte keine Rolle. Sie dachte nicht, dass sie jemals genug von ihm bekommen würde.

Ein Stöhnen brach aus ihrer Brust, als er seine Hüften rollte und sie mit seiner harten Länge neckte. Sie spürte, wie er gegen ihren Hals lächelte.

Das Trillern des Satellitentelefons trennte sie. Alex fluchte, während Katie ihren Kopf auf seine Brust fallen ließ und stöhnte.

»Das sollte besser wichtig sein.«

»Es ist wahrscheinlich wichtig.« Er rollte weg, um es aufzuheben.

Sie steckte den Schlafsack unter ihre Arme und setzte sich auf. »Wer ist es?«

Er hob einen Finger und antwortete. »Dr. Randall.«

Sie beobachtete, wie ein Stirnrunzeln seine Braue senkte.

»Moment, langsam. Lass mich dich auf Lautsprecher stellen.« Er nahm das Telefon von seinem Ohr und sah sie an. »Es ist Devin. Es gibt ein Problem im Labor.« Er drückte auf die Lautsprechertaste. »Fahr fort, Devin.«

Die Stimme ihres Assistenten füllte das Zelt. »Also, ich bin gerade angekommen, und jemand hat das Labor durchwühlt. Alle Beweise, die hier waren, liegen jetzt überall auf dem Boden. Einschließlich der Leichen. Und sie sind nicht nur auf dem Boden. Jemand hat sie zerschlagen. Es gibt Tausende von Knochenfragmenten überall.«

Katie stöhnte.

Alex' Gesicht wurde rot, und eine Ader pulsierte an seiner Stirn. Sie konnte sehen, dass er sich sehr bemühte, nicht ins Telefon zu schreien.

»Wie konnte das passieren? Es gibt eine Nachtschicht-Crew. Warum haben sie uns nicht angerufen?«

»Sie wurden überfallen. Gefesselt und in den Leichenschau-haus-Kühlschrank gestopft. Ich fand sie, als ich hereinkam. Sie hämmerten gegen die Türen, um rauszukommen.«

Katie quietschte und bedeckte ihren Mund. Ihre arme Crew!

»Hast du die Sicherheit die Überwachungsaufnahmen über-prüfen lassen?«

»Direkt bevor ich dich anrief. Jemand hat die Kameras geschwärzt. Niemand hat es bemerkt, weil das Labor nicht aktiv überwacht wird. Es ist ein passives System.«

Alex murmelte einen Fluch. »Ist der Sheriff informiert?«

»Er und Deputy Travers sind jetzt hier. Der Sheriff hat das FBI eingeschaltet. Wir warten darauf, dass ihr CSI-Team eintrifft und den Tatort bearbeitet.«

»Okay. Wir werden so schnell wie möglich da sein«, sagte Katie. »Kooperiere mit den Bundesbeamten, wenn sie ankommen.«

»Mach ich, Boss.«

Devin legte auf, und Alex schloss das Satellitentelefon mit mehr Kraft als nötig. »Das wird langsam lächerlich.«

»Stimme zu.« Sie glitt aus dem Schlafsack, um sich anzuziehen. Ihr Kopf wirbelte. Sie wusste, dass sie mit diesem Mädchen auf etwas gestoßen waren.

»Woran denkst du?«, fragte Alex, als er seine khakifarbenen Cargohosen über seine Hüften zog.

Sie sah ihn kurz an, ihr Gehirn stockte einen Moment, als sie seine nackte Brust betrachtete. Wegschauend konzentrierte sie sich auf ihre eigene Nacktheit und darauf, diese zu bedecken. »Ich denke, dass jemand sehr nervös wird. Das Skelett dieses Mädchens ist der Schlüssel, sage ich dir. Aber wenn es zusammen mit den anderen zerschmettert wurde, könnte es Wochen dauern, bis die Ermittler die Teile sortiert haben.«

»Ich frage mich, ob sie an den großen Beweislagerraum gelangt sind. Du hast ihre Kleidung dort hinten hingelegt, oder?«

Ihr Gesicht hellte sich auf. »Ja.« Sie zog ihr T-Shirt über den Kopf und hielt eine Hand hin. »Gib mir das Telefon.«

Alex reichte ihr das Gerät. Sie klappte es auf und wählte Devin zurück.

»Hallo?«

»Devin, haben sie den großen Beweislagerraum erreicht?«

Es gab eine kurze Pause. »Ich bin nicht sicher. Ich habe nicht daran gedacht, nachzusehen. Lass mich nachschauen, und ich rufe dich zurück.«

Sie klappte das Telefon zu, als er auflegte. »Er schaut nach. Lass uns das Camp abbrechen und hier raus.«

Mit schnellen, effizienten Bewegungen zogen sie sich fertig an und rollten die Schlafsäcke zusammen, die sie zusammengeknöpft hatten. Sie waren dabei, das Zelt abzubauen, als das Satellitentelefon wieder klingelte.

Alex war am nächsten und antwortete, stellte es wieder auf Lautsprecher.

»Es ist noch da. Ich habe den Sheriff informiert, und er hat einen Deputy an die Tür gestellt.«

Ja!

»Fantastisch. Danke, Dev.«

»Gern. Bis gleich.«

Alex legte auf. »Endlich! Ich hoffe, der Schlüssel zu dieser Sache ist in ihrer Kleidung.«

»Ich auch, aber ich halte nicht den Atem an.« Aber wenn er dort war, würde sie ihn finden, egal ob das FBI übernimmt oder nicht.

Acht

R eeves lief vor Alex' SUV auf und ab, als sie auf den Parkplatz fuhren.

»Es wurde auch Zeit. Sheriff Archer ruft mich alle fünf Minuten an. Ich sage ihm ständig, dass ihr unterwegs seid, aber er will mir trotzdem den Hintern aufreißen. Werft eure Sachen nach hinten, damit wir losfahren können.«

Alex betrachtete den jungen Deputy mit gerunzelter Stirn, tat aber wie geheißen. Katie öffnete die hintere Tür, um einzusteigen, aber Alex ging auf Reeves zu und streckte die Hand aus. »Geben Sie mir die Schlüssel.«

»Was? Nein. Sie stehen unter Schutzgewahrsam. Ich fahre.«

»Diesmal nicht. Ich bin angespannt und ich hasse es ohnehin, wenn mich jemand anderes fährt. Und es ist mein Auto. Geben Sie mir die Schlüssel.«

Der Deputy starrte ihn an, bereit, erneut zu protestieren.

»Mach es einfach, Austin«, sagte Katie. »Er wird so lange da stehen bleiben, bis du es tust.«

Reeves presste die Lippen zusammen, sein Kiefer arbeitete, doch dann klatschte er die Schlüssel in Alex' ausgestreckte Hand.

»Danke. Wenn Seb dich anschreit, sag ihm, ich habe die Schlüssel genommen, mich hinters Steuer gesetzt und mich geweigert, mich zu bewegen.« Alex öffnete die Fahrertür und stieg ein.

Katie setzte sich nach hinten und lächelte. »Ich werde für dich bürgen. Das hat er bei mir tatsächlich gemacht.«

Der Deputy verdrehte die Augen und schnallte sich an. »Danke. Tu mir nur den Gefallen und halte dich ans Tempolimit, ja? Nichts wird sich ändern in den paar Minuten extra, die wir brauchen, um dorthin zu kommen.«

Alex nickte und startete den Wagen, fuhr vom Parkplatz.

Katie lehnte sich in ihrem Sitz zurück und ging im Kopf durch, was sie über die Leiche wussten. Sie wünschte, sie hätte die Gelegenheit gehabt, die vorbereitete Knochenprobe zu analysieren. Ihr Plan war gewesen, den Mineralgehalt mit Leitungswasserdaten zu vergleichen, um zu sehen, ob sie eine Stadt oder Region bestimmen konnte, in der das Mädchen aufgewachsen war. Das könnte helfen, die Suche einzugrenzen.

Das Platzen eines Reifens riss sie aus ihren Gedanken. Das Auto ruckte und schwankte wild, bis Alex es unter Kontrolle brachte. Er verlangsamte und fuhr auf den Seitenstreifen, stellte den Wagen ab. »Rufen Sie Seb an und sagen Sie ihm, dass wir eine Verzögerung haben«, sagte er zu Reeves.

Der junge Deputy nickte und griff bereits nach seinem Funkgerät.

Katie stieg aus, um Alex beim Reifenwechsel zu helfen. Sie hockte sich hin, um den Reifen zu inspizieren, während er die

Heckklappe öffnete, um den Wagenheber zu holen. Sie fand das Loch und runzelte die Stirn, als sie es genauer betrachtete. Das sah aus wie ein Einschussloch.

Sie lehnte sich zurück und sah sich um, während ein ungutes Gefühl ihr den Rücken hochkroch. Sie waren hier draußen leichte Beute.

Das Geräusch eines Motors erreichte sie einen Moment bevor ein schwarzer SUV um die Kurve geschossen kam und hinter ihnen zum Stehen kam. Ein Mann mit einer Pistole stieg aus. Reeves machte Anstalten, seine Waffe zu ziehen, doch der Mann schoss auf ihn, bevor der Deputy seine Waffe aus dem Holster ziehen konnte.

Katie schrie auf und hob die Hände, machte mehrere Schritte rückwärts. Blut breitete sich auf Reeves' Schulter aus, aber er blieb auf den Beinen.

»Entfernen Sie Ihre Waffe, Deputy, und legen Sie sie auf den Boden.«

Reeves gehorchte und verzog das Gesicht, als er sich bückte.

»Treten Sie sie weg.«

Er trat sie ins Gras.

»Jetzt werden alle drei mit mir kommen.« Er winkte sie mit seiner Waffe heran.

Katie sah zu Alex, Tränen verschleierten ihre Sicht. Sie wollte nicht in diesen SUV steigen.

»Bewegt euch!«, bellte der Mann. »Oder ich schieße dem Cop noch einmal.«

Der todernste Blick des Mannes verriet ihr, dass er es ernst meinte. Sie bewegte sich langsam vorwärts und griff nach Alex' Hand, als sie sich dem anderen Auto näherten. Er verschränkte seine Finger mit ihren und zog sie dicht an seinen Körper, während sie auf das Fahrzeug zugingen.

»Das ist nah genug.«

Sie blieben stehen.

»Deputy, nehmen Sie Ihre Handschellen und legen Sie sie sich selbst an.«

Wieder mit schmerzverzerrtem Gesicht griff Reeves hinter seinen Rücken und holte seine Handschellen hervor, legte sie um seine Handgelenke.

Der Mann trat ein paar Schritte zurück und griff durch das offene Fenster seines Autos, um zwei Kabelbinder hervorzuholen. Katies Magen sackte ab, als sie erkannte, dass es sich um die verstärkte Art handelte und nicht um die einfachen Kabelbinder, aus denen Rayna Nydert vor ein paar Wochen ausgebrochen war.

»Ms. Mitchum, kommen Sie und nehmen Sie diese.«

Ihre Augen weiteten sich, als er ihren Namen benutzte, aber sie trat vor und nahm die Handschellen.

»Machen Sie zuerst Ihren Freund.«

Sie ging zu Alex und hielt die Fesseln hoch, jetzt liefen ihr die Tränen über das Gesicht.

»Ist schon okay«, flüsterte er und hielt seine Hände hoch.

Sie schob den Plastikbinder über seine Handgelenke und zog an den Enden, um die Fesseln zu straffen.

»Gut«, sagte der Mann. »Legen Sie sich Ihre eigenen an. Benutzen Sie Ihre Zähne, um sie festzuziehen.«

Katie tat, wie ihr befohlen, und hielt dann ihre gefesselten Hände hoch.

Er deutete zum Auto. »Ihr zwei auf die Rückbank. Deputy, Sie fahren im Kofferraum.« Er wich zurück, während sie vorwärts gingen, und wartete, bis Alex und Katie eingestiegen waren, bevor er die Heckklappe für Reeves öffnete. Als alle an ihren Plätzen waren, setzte er sich auf den Fahrersitz.

»Versucht nichts«, warnte er und sah sie durch den Rückspiegel an.

Katie rückte näher an Alex heran und versuchte, sich zusammenzureißen. Zusammenzubrechen würde nicht helfen. Stattdessen starrte sie aus dem Fenster und bemühte sich, die Route zu memorieren. Es störte sie ein wenig, dass er ihnen weder die Augen verbunden noch eine Maske getragen hatte. Und warum er sie nicht einfach getötet hatte, wusste sie nicht. Irgendetwas hatte sich geändert, aber sie hatte keine Ahnung, was. Wer auch immer diesen Mann angeheuert hatte, musste denken, dass sie etwas wussten oder hatten. Wenn er merkte, dass sie nichts hatten, würde es nicht gut enden. Aber sie würde lügen, wenn es sein musste. Sie brauchten nur Zeit, um einen Fluchtplan auszuarbeiten.

Sie hatte nicht vor zu sterben, nur weil jemand sein krankes Selbst schützen wollte.

~

DIE MEILEN ZOGEN VORBEI, WÄHREND ALEX VOR WUT KOCHTE. Wenn er nicht befürchten würde, dass sie verunglücken könnten, würde er seine gefesselten Hände um den Hals dieses Arschlochs legen. Außerdem wollte er wissen, wer dahintersteckte. Jemand war entschlossen, die Wahrheit zu verbergen, und er wollte wissen, warum.

Er setzte sich aufrechter hin und nahm alles auf, als der Mann in eine Kieseinfahrt abbog, die sich durch die Bäume schlängelte. Sie befanden sich jetzt tief in den Bergen, und obwohl sie an Höhe gewonnen hatten, hatten sie die Baumgrenze nicht überschritten. Der Wald hier war dicht.

Eine große Hütte kam in Sicht. Sie wäre idyllisch gewesen, wenn die Umstände anders wären. Rauch stieg aus dem Schornstein auf, und Schaukelstühle standen auf der Veranda, die sich über die gesamte Länge der Hütte erstreckte. Ein weiterer dunkler SUV parkte neben dem Gebäude.

Ihr Entführer hielt neben dem anderen Auto und parkte. Er blickte zu ihnen zurück. »Aussteigen.« Ohne auf ihre Befolgung zu warten, öffnete er seine Tür und stieg aus.

Alex und Katie tauschten einen Blick aus, bevor sie ihm folgten. Sie trafen sich am Heck des Fahrzeugs, wo der Mann Reeves aussteigen ließ. Der Deputy stöhnte, als er aus dem SUV rollte. Alex warf einen prüfenden Blick auf den jungen Mann. Blut durchtränkte den rechten Ärmel seines Hemdes. Schweiß stand auf seiner Stirn, und seine Haut war blass. Der Junge brauchte Flüssigkeit und medizinische Versorgung. Alex war überrascht, dass er stehen konnte.

»Sie müssen mich die Wunde des Deputies behandeln lassen.«

»Wozu? Das wäre nur Verschwendung von Vorräten. Sobald Pressley mit euch fertig ist, wird keiner von euch medizinische Versorgung brauchen.«

Schock ließ seinen Magen rebellieren. Er hatte es nicht glauben wollen, aber er konnte nicht länger leugnen, dass Amanda hinter all ihren Schwierigkeiten steckte. Sie musste ihre Entführung inszeniert haben, um den Verdacht anderswo zu lenken.

Der Mann winkte sie mit der Waffe in seiner Hand zur Hütte. »Nach drinnen.«

Sie gingen vor ihm her die Verandatreppe hinauf. Alex drehte den Türknauf mit seinen gefesselten Händen und ließ die Tür nach innen schwingen.

»Kommen Sie herein, Dr. Randall.«

Alex runzelte die Stirn, als er eine männliche Stimme hörte. Er hatte Amandas erwartet.

»Bewegung.«

Er versteifte sich bei dem Befehl des Entführers, trat aber über die Schwelle. Das Erste, was er bemerkte, war der Mann, der hinter einem Ledersessel stand. Eine Bewegung zog seinen Blick nach rechts. Er sah Amanda, die auf dem Sofa saß und ihre Hände im Schoß rang, während sie beobachtete, wie sie eintraten.

»Du hast verdammt viel Nerven.« Er machte drei schnelle Schritte auf sie zu, aber der Mann hinter dem Sessel zog eine Waffe und richtete sie auf ihn. Alex blieb stehen und starrte beide wütend an.

»Das reicht, Dr. Randall. Setzen Sie sich bitte neben meine Tochter.«

Alex' Augen weiteten sich, und er blickte zu Katie, die genauso verblüfft aussah.

»Mandy?«

Ihr Gesicht verzog sich, und sie schloss die Augen, während Tränen über ihre Wangen liefen. »Bitte, setz dich einfach«, flüsterte sie.

Mit einem weiteren Blick auf Katie setzten sie sich neben sie, Katie am Ende und Alex dazwischen eingeklemmt. Deputy Reeves sank in einen Sessel, und sah noch blasser aus als zuvor.

»Was geht hier vor?« fragte Katie. »Wer sind Sie, und warum haben Sie versucht, uns zu töten? Und wo wir gerade dabei sind, warum sind wir nicht tot? Warum uns diesmal entführen?«

»Mein Name ist David Pressley. Ich bin Amandas Vater, sehr zu ihrem Leidwesen.«

Alex schaute zu Mandy. Tränen liefen still über ihre Wangen, aber sie starrte den Mann an, Hass sprühte aus ihren Augen.

Er wandte sich wieder an Pressley. »Okay. Was hat das mit irgendetwas zu tun?«

»Amanda, Liebling, warum erklärst du es nicht?«

»Nenn mich nicht so, du verdammter Bastard«, presste sie zwischen zusammengebissenen Zähnen hervor.

Pressley verdrehte die Augen. »Erzähl einfach die verdammte Geschichte.«

»Gut.« Sie holte tief Luft. »Ich habe gelogen, als ihr mich gefragt habt, was an diesem Mädchen so besonders sei. Sie erinnerte mich an jemanden. Als ich jung war, hatte meine beste Freundin eine jüngere Schwester, Tanya. Sie verschwand, als Kim und ich im College waren.«

»Was hat dein Vater mit ihrem Verschwinden zu tun? Was ist seine Verbindung zu den Paulsons?« fragte Alex.

»Mama ließ sich von ihm scheiden, als ich klein war. Ich erfuhr erst später, dass er minderjährige Prostituierte mochte. Als sie davon erfuhr, verließ sie ihn.«

»Hat er-« Katie brach ab, mit weit aufgerissenen Augen.

Amanda schüttelte den Kopf und verstand, was sie meinte. »Nein. Er hat mich nie angefasst. Ich schätze, er hat irgendwo eine Grenze gezogen.« Sie warf ihrem Vater einen verächtlichen Blick zu, bevor sie fortfuhr. »Als wir dieses Mädchen geborgen haben, störte mich etwas an ihr. Ich konnte es nicht genau benennen, bis wir auf dem Rückweg waren. Dann wurde mir klar, dass es ihre Kleidung war. Sie sah aus wie die, die Tanya trug, als sie verschwand. Je mehr ich sie ansah, desto sicherer wurde ich mir. Was ich bis vor ein paar Tagen nicht wusste, ist, dass die Paulsons sie aus dem Kino entführt haben, in dem sie arbeitete. Es scheint, dass er«, sie nickte in Richtung ihres Vaters, »ihren Service mochte. Nach dem, was er sagte, geriet Tanya in Panik, als sie ihn sah. Er behauptet, er hätte ihr nur genug Drogen gegeben, um sie zu beruhigen.«

Alex wandte sich an Pressley. »Wie ist sie dann gestorben?«

»Sie hatte eine Reaktion auf die Drogen«, sagte er. »Anaphylaxie.«

»Auf Opioide? Sie erwarten, dass wir das glauben? Wissen Sie, wie selten eine solche Allergie ist?« sagte Katie.

»Glaub mir, glaub mir nicht. Es ist mir egal. Es ist die Wahrheit.« Er ging um den Sessel herum, um sich auf die Kante zu setzen. Er faltete die Hände, stützte die Ellbogen auf die Knie und beugte sich vor. »Als ich erfuhr, dass die Paulsons in Gewahrsam waren und dann, was ihr aufgedeckt hattet, ging ich in den Schadensbegrenzungsmodus über. Ich nahm Amanda vom Krankenhausparkplatz mit, um herauszufinden, was sie wusste. Mein - Mitarbeiter - geriet in Panik, als ihr beiden herauskamt. Amanda sah euch und schrie. Ihr müsst sie nicht gehört haben, aber das spielte keine Rolle. Tony schoss auf euch in der Hoffnung, euch als Zeugen zu beseitigen.« Er warf dem Mann, der Wache an der Tür hielt, einen bösen Blick zu. »Alles, was er tat, war, mir mehr Kopfschmerzen zu bereiten. Er versuchte, sein Chaos zu beseitigen, versagte aber auch dabei, also sagte ich ihm, er solle euch beide zu mir bringen und ich würde es in Ordnung bringen.«

Er stand auf. »Ich kann nicht zulassen, dass meine Beteiligung bekannt wird. Es würde meine Karriere ruinieren - alles, was ich aufgebaut habe, würde in Rauch aufgehen. Ich habe viel Gutes getan, und all das würde in Frage gestellt werden. Schreckliche Menschen könnten frei kommen.«

»Moment.« Katie streckte eine Hand aus. »Was meinen Sie damit? Sind Sie Anwalt?«

»Er ist Richter«, sagte Amanda, ihre Augen hart. »Ein Bundesrichter.«

Alex schnaubte. »Das ergibt Sinn. Brandt war auch Richter. Wie viele deiner Kumpel sind noch beteiligt? Und woher wusstest du, was wir gefunden haben?«

Pressleys Augen weiteten sich ein wenig, als ihm klar wurde, dass er etwas verraten hatte, was er nicht hätte sagen sollen. Sein Gesichtsausdruck klärte sich jedoch schnell. »Nichts davon spielt eine Rolle. Ihr werdet alle in den nächsten Stunden tot sein – nun, zumindest Sie, Ms. Mitchum und dieser arme Deputy. Meine Tochter wird eine Wahl haben.«

»Warum erzählen Sie es uns dann nicht?« sagte Katie. »Geben Sie uns etwas Abschluss, bevor Sie uns zum Tode verurteilen.«

Pressley grinste und berührte seine Schläfe. »Du bist eine Schlaue, aber ich bin nicht dumm. Selbst ein narrensicherer Plan kann unter den richtigen Umständen entgleisen.«

Alex runzelte die Stirn. Was zum Teufel redete er da? Warum erschoss er sie nicht einfach und brachte es hinter sich?

Pressley sah Tony an. »Hast du alles, was du für ihre Beseitigung brauchst?«

Tony nickte.

»Gut. Tu es. Ich werde ein Gespräch mit meiner Tochter führen und unsere letzten Vorkehrungen treffen. Vermassle es nicht, oder du wirst dich ihnen anschließen. Verstanden?«

Tonys Kiefer zuckte, aber er nickte und trat näher. »Auf.« Er drückte auf Reeves' Schulter. Der Deputy stöhnte und taumelte auf die Füße. »Ihr auch.« Er zeigte auf Alex und Katie.

»Papa. Papa, das kannst du nicht. Bitte«, bettelte Amanda und stand mit ihnen auf.

»Still, Mädchen. Glaubst du, deine Karriere wird nicht betroffen sein, wenn herauskommt, dass dein Vater eine Rolle beim Tod dieser Mädchen gespielt hat? Ich tue das auch für dich.«

»Bullshit! Es ging immer nur um dich.«

Er verengte die Augen zu ihr. »Du wirst nicht schweigen, wenn ich dich leben lasse, oder?«

»Verdammt nein!«

Er hielt ihren Blick einen Moment, bevor er tief Luft holte und die Schultern straffte. »Nun gut. Es scheint, du wirst das gleiche Schicksal erleiden wie deine Freunde. Es tut mir leid, meine Liebe.«

Alex spürte einen Anflug von Stolz für seine Freundin, als sie sich ihrem Vater stellte. Es konnte nicht leicht sein zu wissen, dass das eigene Fleisch und Blut bereit war, sie zu opfern, um seinen Ruf zu retten.

»Wenn es dir leid täte, würdest du dich stellen. Ich hoffe, du verrottest in der Hölle.«

»Ja, nun, ich sehe, du kommst nach deiner Mutter. Tony, bring sie hier raus.«

Tony stieß Reeves an. Der Mann krachte in Amanda, die ihn um die Taille fasste und ihm zur Hintertür half. Alex und Katie folgten, mit Tony im Rücken.

Draußen stand ein weißer Lieferwagen am Fuß der Stufen.

»Einsteigen.«

»Du bist ein Mann weniger Worte, nicht wahr?« sagte Alex. Seine Augen scannten die Umgebung, suchten nach allem, was ihm helfen könnte, ihren Entführer zu überwältigen. Aber da war nichts.

Amanda öffnete die Tür des Vans und Reeves fiel hinein. Sie stieg neben ihm ein und half ihm, sich zu setzen, dann stiegen Alex und Katie ein.

»Was machen wir?« flüsterte Katie, sobald die Tür geschlossen war.

»Da ist ein Messer«, keuchte Reeves. »In meinem Stiefel.« Er schluckte schwer. »Der Idiot hat mich nicht durchsucht.«

Alex drehte sich so, dass sein Rücken Tony die Sicht auf sie versperrte. Amanda behielt mit einem Auge ihren Fahrer im Blick, der in den Van stieg und den Motor startete, und mit dem anderen suchte sie nach Reeves' Messer, um es zu entfernen.

Sie holperten über den unebenen Boden, während Tony sie tiefer in den Wald fuhr. Die Fahrt war zu ruckelig, um zu versuchen, sich zu befreien. Sie müssten ihren Angriff starten, sobald sie anhielten. Er bedeutete Mandy, das Messer in ihrer Kleidung zu verstecken. Sie trug immer noch ihre Krankenhauskleidung vom Tag ihres Verschwindens, also steckte sie es in die vordere Tasche.

Er biss die Zähne zusammen, wissend, dass sie irgendwie zum Angriff übergehen mussten, oder sie würden sterben. Der Van musste nur anhalten, damit sie das tun konnten.

Nach weiteren fünf Minuten – und mehreren knochenbrechenden Stößen – kamen sie zum Stehen. Tony verließ das Fahrzeug, und Alex richtete sich auf, bereit auszusteigen.

»Wenn du eine Chance bekommst, das Messer zu benutzen, dann nutze sie«, flüsterte er.

Amanda nickte.

Die Türen öffneten sich, und sie blinzelten gegen das Licht.

»Raus.« Tony stand da, mit einer Waffe auf sie gerichtet und einer schwarzen Sporttasche über der Schulter.

Katie war der Tür am nächsten und stieg zuerst aus. Tony packte sie und drückte seine Pistole in ihre Seite. Alex' Herz setzte einen Schlag aus.

Amanda folgte Katie nach draußen und drehte sich dann um, um Reeves zu helfen. Alex schob ihn von hinten, so gut er konnte mit seinen gefesselten Händen. Die Gesichtsfarbe des Deputy war schlechter geworden, und in seinem Atem lag ein beunruhigendes Rasseln, das Alex nicht gefiel. Wenn sie dem Mann nicht bald helfen würden, würde er sterben.

Sie bekamen ihn nach oben, aber er konnte nicht alleine stehen. Amanda war die Einzige, deren Hände nicht gefesselt waren, also fiel ihr die Aufgabe zu, ihn herumzuschleppen, aber sie war einen Kopf kleiner und vierzig Kilo leichter als der junge Mann.

»Hilf ihr«, knurrte Tony und sah Alex an.

Alex hob seine Hände. »Wie denn?«

Der andere Mann grunzte und zog ein Messer aus seiner Tasche. Er klappte es auf, durchschnitt Alex' Fesseln und steckte die Waffe wieder in Katies Seite.

»Wenn du irgendwas versuchst, stirbt sie.«

Katies weit aufgerissene Augen starrten ihn ängstlich an. Alex nickte leicht, dann nahm er Reeves' Gewicht von Amanda.

»Bewegung«, sagte Tony.

»In welche Richtung?« knurrte Alex.

»Geradeaus.«

Halb stützend, halb schleppend ging Alex mit Reeves tiefer in die Bäume. Je weiter sie gingen, desto schwieriger wurde es für den Deputy zu laufen. Als er gerade anhalten und ihn im Feuerwehrgriff tragen wollte, wurden die Bäume lichter, und Alex konnte sehen, dass sie sich einer Klippe näherten.

Ein paar Meter vom Rand entfernt lichteten sich die Bäume. Tony befahl ihnen anzuhalten.

»Fessle den Deputy und Katie an einen Baum.« Er zog ein aufgerolltes Seil aus seiner Tasche und warf es Alex zu.

Alex zögerte, wissend, dass sie weniger Chancen hatten zu entkommen, wenn sie gefesselt wären.

Tony bohrte die Waffe in Katies Seite. Sie stieß ein leises Stöhnen aus, und ihr Gesicht verzerrte sich für einen kurzen Moment. »Zwing mich nicht, sie jetzt zu erschießen. Ein Schuss in den Bauch wird sie nicht töten. Nicht sofort.«

Er biss sich auf die Zunge, um den Mann nicht noch weiter zu reizen, und nickte. Tony gab Katie einen Stoß in Richtung Baum. Alex folgte ihr mit Reeves.

»Ich k-kann nicht stehen«, keuchte Reeves.

»Dann setz dich«, sagte Alex. Er ließ den Mann zu Boden. Katie setzte sich neben ihn, und Alex band sie an den Baum. In der Hoffnung, dass Tony kein Knotenexperte war, machte er einen schnellen Stichknoten. Mit seinem Körper verdeckte er die Sicht ihres Entführers und tippte mit einem Finger auf Katies Arm. Als sie nach unten schaute, tippte er auf das Ende des Seils und sah ihr dann in die Augen. Ihr Kopf wackelte leicht, und er stand auf.

Tony kam herüber, steckte einen Finger unter das Seil in der Nähe von Reeves' Schulter und zog daran. Es blieb straff. Zufrieden, dass es sicher war, zeigte er auf den Baum zu seiner Linken. »Jetzt bist du dran.« Er nahm ein weiteres Seil heraus und reichte es Amanda. »Binde ihn fest.« Er richtete die Waffe wieder auf Katie, wissend, dass dies Alex zur Kooperation zwingen würde.

Alex presste die Zähne zusammen, zermalmte den Zahnschmelz, während er sich umdrehte und zum Baum ging. Amanda schlang das Seil um ihn und den Baumstamm und band es fest.

»Letzte Chance, Süße«, sagte Tony zu Amanda, nachdem er das Seil überprüft hatte. »Willst du deinem Daddy verzeihen und mit mir zurückkommen?«

»Er würde mir nie glauben, wenn ich es täte. Und er hätte recht damit.«

Tony zuckte mit den Schultern. »Wie du willst.« Er hob die Waffe und schoss ihr zwischen die Augen.

Katies überraschter Schrei übertönte das Echo des Schusses. Alex' Magen verkrampfte sich und Wut traf ihn hart in den Bauch, als er zusah, wie Amanda fiel. Mit all seiner Kraft krümmte er seine Arme, suchte nach dem Knoten, den Amanda gebunden hatte, und schluchzte fast vor Erleichterung, als er merkte, dass auch sie einen Stichknoten gebunden hatte. Er zog am Ende und drückte gegen das Seil, bis es zu seinen Füßen glitt.

Tony hatte ihm den Rücken zugewandt und gab Alex ein kleines Überraschungsmoment. Mit zwei kraftvollen Schritten war er in Reichweite des anderen Mannes und stürzte sich auf ihn, als Tony die Waffe hob, um Reeves zu erschießen.

Der Schuss ging daneben, als sie in einem Gewirr aus Gliedmaßen zu Boden fielen. Alex nutzte seine Größe zu seinem Vorteil und streckte sich, um das Handgelenk von Tonys bewaffneter Hand zu packen, und schlug es zu Boden, um ihn zum Loslassen zu zwingen. Tony bäumte sich auf und schleuderte Alex zur Seite, sodass er seinen Griff verlor. Fluchend krabbelte er, um sich umzudrehen, gerade rechtzeitig, um zu sehen, wie Tony sich schwankend auf die Füße stellte und die Waffe auf ihn richtete.

»Das werde ich genießen. Du und deine Lady wart mir ein Dorn im Auge.«

Scheiße! Alex schloss die Augen, wissend, dass er verloren hatte. »Es tut mir leid, Katie, ich habe es versucht. Ich liebe dich«, flüsterte er.

Tony grunzte, und Alex' Augen öffneten sich, um einen Blick von Überraschung und Schmerz im Gesicht des Mannes zu sehen. Er sank auf die Knie, und Alex sah Katie hinter ihm stehen, den Griff von Reeves' Messer haltend, das zwischen seiner vierten und fünften Rippe in der Nähe seiner Wirbelsäule aus seinem Rücken ragte. Die Waffe fiel aus seinen Fingern, und er fiel nach vorne, landete mit dem Gesicht im Dreck, das Messer immer noch in seinem Rücken steckend.

OH MEIN GOTT, OH MEIN GOTT, OH MEIN GOTT! ICH HABE EINEN Mann getötet! Katie starrte auf das Messer, das aus Tonys Rücken ragte, ihr Magen schlug Purzelbäume. Sie hörte, wie Alex auf die Füße kam, einen Moment bevor er ihren Arm berührte.

»Katie, Liebling? Bist du in Ordnung?«

Ihre Augen schnappten zu seinen, als sie zu sich kam. Die Worte, die sie ihn flüstern hörte, als sie Tony erstach, registrierten sich. Sie funkelte ihn an. »Du hast dir einen verdammten Zeitpunkt ausgesucht, um zu sagen, dass du mich liebst. Idiot. Das mit einem Mord und dem Erstechen eines Typen in Verbindung zu bringen, ist nicht die Art, wie ich mich an so etwas erinnern möchte.« Aufgebracht über das, was gerade passiert war, ließ sie ihre Wut an ihm aus.

»Es tut mir leid, ich dachte, ich würde gleich sterben! Es schien eine gute Idee in dem Moment. Das ändert aber nichts daran, dass ich es ernst gemeint habe. Ich liebe dich. Und wenn es hilft, denk daran, dass ich in meinen letzten Momenten dir meine Liebe gestanden habe, über alles andere.«

Sie neigte den Kopf. Das war ein guter Punkt. Sie lehnte sich vor, um ihre Stirn an seine Brust zu legen. »Ich bin nicht wirklich wütend. Nicht deswegen. Es tut mir leid.« Sie schaute hoch. »Ich liebe dich auch.«

Alex drückte einen schnellen, festen Kuss auf ihre Lippen. »So sehr ich diesen Moment auch auskosten würde, wir haben noch ein paar Probleme.« Er blickte an ihr vorbei. Sie drehte sich um, um seinem Blick zu folgen, ihre Augen zögerten bei Amandas Körper, bevor sie bei Reeves landeten, der immer noch an den Baum gelehnt saß. Er atmete, aber nicht gut. *Gott, was für ein Chaos!*

Sie sah zurück zu Alex. »Wir müssen uns auch um Amandas Vater kümmern.«

Alex' Augen verhärteten sich, flackerten zu seiner auf dem Boden liegenden Freundin. »Ja. Lass uns Reeves in den Van laden und den Bastard finden.« Er beugte sich hinunter und durchsuchte Tonys Tasche, fand sein Messer und benutzte es, um Katies Handgelenke freizuschneiden.

»Danke.« Sie rieb ihre Handgelenke.

»Durchsuche seine Taschen nach einem Handy. Und hol die Autoschlüssel und seine Waffe.« Alex ging zu Reeves.

Katie blickte auf Tonys reglose Gestalt und rümpfte die Nase, bevor sie sich neben ihm hinkauerte. Glücklicherweise konnte sie die Umrisse eines Handys in seiner hinteren Hosentasche sehen. Sie schob ihre Finger gerade so weit in die Tasche und zog es heraus.

»Hab's gefunden!« Sie schaltete es ein, drückte die Notruftaste, aber es zeigte keinen Empfang.

*Natürlich, weil wir am A*** der Welt sind.* Sie steckte das Handy mit einem Seufzer der Verachtung in ihre Tasche, dann drehte sie Tony gerade genug, um in seine vordere Hosentasche zu greifen. Versuchend, nicht darüber nachzudenken, was sie tat, wühlte sie ihre Hand in seine Tasche. Ihre Finger trafen auf den Schlüsselring, und sie hakte ihn ein, zog ihn heraus. Sie nahm die Waffe auf, die neben seiner Hand auf dem Boden lag, stand auf und eilte hinüber, um zu sehen, ob Alex Hilfe brauchte.

»Kein Signal?« fragte er und schaute von seiner kauernden Position neben Reeves zu ihr auf.

Sie schüttelte den Kopf und runzelte die Stirn. »Nein. Vielleicht gibt es eins näher an der Hütte.«

»Hoffen wir's. Ich weiß nicht, wie viel länger er durchhalten wird. Er ist jetzt bewusstlos.« Er legte Reeves' Arm über seine Schulter, schnappte sein Bein und stand dann auf, seine Muskeln spannten und wölbten sich mit der Anstrengung, den hundert Kilo schweren Deputy hochzustemmen. Mit einer schnellen Neuverteilung von Reeves' Gewicht begann er, in schnellem Tempo in Richtung Van zu laufen.

Selbst mit dem Mann auf seinen Schultern und im Wissen, wohin sie gingen, brauchten sie fast zehn Minuten, um durch den Wald zu laufen. Als sie das Auto erreichten, tropfte der

Schweiß in Strömen von Alex' Stirn. Als der Wagen in Sicht kam, lief Katie voraus und öffnete die hinteren Türen für ihn, dann half sie, Reeves zu verstauen. Sobald der Deputy so bequem wie möglich lag, rannte sie zum Beifahrersitz.

»Du fährst«, sagte Alex.

Sie zögerte. »Bist du sicher?«

Er nickte. »Ich brauche eine Minute.«

Sie starrte ihn noch einen Moment an, lief dann um die Vorderseite des Vans und sprang auf den Fahrersitz. Sie steckte den Schlüssel ins Zündschloss, startete das Fahrzeug und legte den Gang ein, während Alex die Tür schloss.

Katie fuhr so schnell sie sich über das unebene Gelände traute. Sie traf auf eine Bodenwelle, die sie so hart nach vorne warf, dass sie überrascht war, kein Schleudertrauma zu bekommen. Oder eine Achse des Vans zu brechen.

»Was ist der Plan?« fragte sie, ohne die Augen vom Boden vor ihnen zu nehmen.

»Bin mir nicht sicher.« Alex stützte eine Hand gegen das Armaturenbrett, um nicht aus seinem Sitz zu hüpfen.

Sie traf ein weiteres fieses Schlagloch, und sie hörten Reeves von hinten stöhnen.

»Entschuldigung«, flüsterte sie. Zumindest wussten sie, dass er noch lebte.

»Verdammt, dieses Auto ist nicht für dieses Terrain gebaut.«

Nein, das war es nicht. Sie sollte wirklich langsamer fahren, aber die Zeit war nicht auf ihrer Seite.

»Wir können nicht ohne Plan da reingehen. Ich weiß, normalerweise fahre ich auf Sicht, aber in diesem Fall fühlt es sich falsch an. Also, was ist unser Plan? Warum hast du keinen Plan? Du hast immer einen Plan.« Ihre Stimme wurde mit jeder Frage höher, bis sie ein paar Oktaven über ihrem normalen Bereich lag. Tränen drängten hinter ihren Augen, und sie blinzelte heftig, um sie fernzuhalten.

Alex berührte ihr Bein, seine Berührung erdete sie.

»Nimm einen tiefen Atemzug, Schatz. Wir werden das schon hinkriegen. Alles hängt davon ab, wo Pressley ist, wenn wir ankommen. Ich will nicht in das Haus schleichen müssen, um an ihn ranzukommen, also wenn er nicht draußen ist, müssen wir ihn nach draußen locken.«

Katies Gedanken klärten sich bei seinem sanften, sachlichen Ton, bevor sie sich mit Möglichkeiten füllten, Pressley herauszulocken. Sie zeigte auf das Handschuhfach. »Öffne das und sag mir, was drin ist.«

Er zog am Riegel und wühlte darin herum. »Wonach suche ich?«

»Zeug.«

Er hielt inne und schaute sie an. Sie bewegte eine Hand im Kreis. »Ich werde es erkennen, wenn ich es sehe. Was ist drin?«

»Ähm, Fast-Food-Servietten, Fahrzeughandbücher und ein Reifendruckmesser.«

»Okay. Und hier drin?« Sie zeigte auf die Mittelkonsole zwischen ihnen.

Alex klappte den Deckel auf. »Mehr Servietten, Stifte, Süßigkeiten«, sie hörte ein Rasseln, als er durch das Fach stöberte, »und ein Feuerzeug.«

»Ha!« Ihr Ton war triumphierend. »Das Feuerzeug. Und alle Servietten.«

»Ich habe Angst zu fragen, aber wozu brauchst du ein Feuerzeug?«

Sie grinste und korrigierte ihren Kurs, als sie über eine weitere fiese Bodenwelle fuhren. »Ich werde diesen Van in eine Bombe verwandeln.«

Alex' Augen weiteten sich, bevor sie sich schlossen und er den Kopf schüttelte. »Natürlich machst du das«, murmelte er. »Bring uns nur nicht um.«

Meinte er das ernst? »Dir ist schon klar, dass ich den ganzen Tag, jeden Tag mit Chemikalien spiele, oder?«

Er verdrehte die Augen. »Also hast du einen Plan?«

»Ja. Ich werde an der Baumgrenze halten. Wir holen Austin aus dem Wagen, dann fahre ich zum Haus und zünde den Gastank an.«

»Warte. Nein. Wie wäre es, wenn du bei Reeves bleibst und ich den Van anzünde?«

Sie schüttelte den Kopf. »Das wird nicht funktionieren. Ich kann ihn nicht tragen. Während ich den Van zum Haus fahre, musst du dich mit ihm um das Haus herum zur Vorderseite arbeiten, damit wir bereit sein können, von hier zu verschwinden.«

»Okay, aber was passiert, wenn Pressley rauskommt, wenn der Van explodiert, und dich sieht?«

»Wir haben Tonys Waffe.« Sie schaute ihn an. »Und Austins Handschellen. Ich werde ihn mit der Waffe in Schach halten, bis du das Haus erreichst und ihn fesseln kannst.«

Er hob eine Augenbraue. »Einfach so? Was passiert, wenn er Widerstand leistet?«

Katie zuckte mit den Schultern. »Dann schieße ich ihm. Nicht, um ihn zu töten, allerdings. Dieser Bastard muss für das, was er getan hat, vor Gericht gestellt werden und den Rest seines erbärmlichen Lebens im Gefängnis verrotten.«

Alex drehte sich in seinem Sitz, um sie anzustarren. »Ich bin mir nicht sicher, ob mir dieser Plan gefällt. Er bringt dich in zu große Gefahr.«

»Mir wird nichts passieren. Ich weiß, wie man mit einer Waffe umgeht.«

»Ich weiß, dass du das tust, aber das ist nicht das, worüber ich mir Sorgen mache. Es gibt unzählige Dinge, die schiefgehen könnten. Dich all dem alleine auszusetzen – das geht mir gegen den Strich, Katie.«

»Nun, hast du einen besseren Plan?«

Seine Augenwinkel kräuselten sich, als er nachdachte. Sie konnte praktisch die Rädchen in seinem Kopf drehen hören, während er versuchte, eine Alternative zu finden. Aber die Tatsache, dass Reeves nicht laufen konnte, dämpfte ihre Möglichkeiten. Sie konnte den Deputy nicht tragen, was bedeutete, dass es an ihr lag, Pressley zu fangen.

»Verdammt«, murmelte er und kam zu demselben Schluss wie sie. »Einverstanden.«

»Gut. Ich bin froh, dass du zustimmst, denn es ist Zeit, diesen Plan umzusetzen.« Sie hielt den Van kurz vor der Baumgrenze zum Hof rund um die Hütte an. Aus dem Schornstein stieg kein Rauch mehr auf. Es sah aus, als wäre Pressley bereit weiterzuziehen.

Katie stellte den Van auf Parken und stieg aus, um Alex zu helfen, Reeves aus dem Fahrzeug zu bekommen. Sie öffnete die Türen, sprang dann hinein, um den Kopf und die Schultern des jungen Mannes anzuheben und ihn nach vorne zu ziehen. Seine Haut hatte inzwischen eine geisterhafte Blässe, und er fühlte sich klamm an. Sie mussten sich beeilen.

Als Alex Reeves auf seine Schultern hob, stöhnte der Deputy. Seine Augen öffneten sich zu Schlitzen, bevor sie wieder zufielen.

»Mach schnell, Schatz.«

Sie nickte und schloss die Van-Türen mit einem leisen Klicken. »Sei vorsichtig.« Sie streckte sich und gab ihm einen Kuss auf die Wange.

»Du auch.«

»Werde ich.«

Sie drehte sich um, lief zur Fahrerseite und stieg ein. Sie nahm alle Servietten und verdrehte sie zu einem dicken Seil, damit sie keine Zeit verlieren musste, sobald sie in Sichtweite der Hüttenfenster war, dann legte sie einen Gang ein und holperte über das Gras, um vorne zu parken.

Mit Blick auf die Tür und Fenster der Hütte schlüpfte sie aus dem Van, das Serviettensseil und das Feuerzeug in ihren Händen. Am Heck des Fahrzeugs drehte sie den Tankdeckel ab und stopfte den improvisierten Docht in den Benzintank, wobei sie einige Zentimeter herausragen ließ.

»Jetzt oder nie«, flüsterte sie zu sich selbst. Sie zündete das Feuerzeug an und hielt die Flamme an das Ende der Servietten. Sobald es Feuer fing, rannte sie los und versteckte sich hinter einem der geparkten SUVs.

Über die Motorhaube des Autos spähend, wartete sie. »Komm schon, komm schon, komm schon. Explodier, verdammt!« Flammen leckten jetzt an der Seite des Vans, als das Benzin Feuer fing.

Das Feuer flackerte, dann schoss ein kleiner Feuerball aus dem Tank, kurz bevor er explodierte. Sie duckte sich und schützte ihren Kopf, wartete einige Momente, bevor sie wieder um das Auto herumspähte. Die Hüttentür öffnete sich, und Pressley stürmte heraus, seine Waffe in der Hand. Er hielt am Rand der Veranda inne und schaute sich um. Sie wusste, dass sie jetzt handeln musste, oder sie würde ihre Chance verlieren.

Katie rannte um die Seite des Autos und hob die Pistole in ihren Händen. »Pressley! Lassen Sie die Waffe fallen und heben Sie die Hände hoch!«

Der Mann wirbelte in ihre Richtung, seine Augen wurden weit, als er sie dort stehen sah, mit einer Waffe auf ihn zielend. Als sein Waffenarm sich bewegte, um auf sie zu zielen, feuerte sie einen Schuss in seine Richtung ab, der ihn absichtlich verfehlte. Er erstarrte.

»Das war eine Warnung. Der nächste wird nicht daneben gehen. Lassen Sie sie fallen.«

Er fletschte die Zähne, fluchte, ließ aber die Waffe aus seiner Hand fallen.

»Treten Sie sie von der Veranda.«

Sein Fuß fegte sie auf das Gras darunter. »Verdammt. Ich wusste, ich hätte euch alle selbst töten sollen. Wie bist du entkommen?«

»Er ließ uns uns selbst fesseln und hat die Knoten nicht überprüft. Stegknoten sehen kompliziert und sicher aus, aber sie lösen sich mit einem Zug. Warum haben Sie überhaupt so einen unfähigen Auftragskiller angeheuert?«

»Er wurde mir empfohlen.«

Sie hob eine Augenbraue. »Von wem?«

Als er merkte, dass er schon zu viel gesagt hatte, presste er seine Lippen zusammen.

»Schön. Reden Sie nicht. Ich bin sicher, es wird alles vor Gericht herauskommen.«

Eine Bewegung von der Seite erregte ihre Aufmerksamkeit. Alex tauchte aus den Bäumen auf. Er lief an ihr vorbei und die Verandatreppe hinauf, um Pressley Handschellen anzulegen.

»Aua! Das ist zu eng.« Pressley stand auf den Zehenspitzen, als Alex die Handschellen schloss.

Katie hörte noch ein Klicken.

»Ja? Nun, Ihre Tochter kann überhaupt nichts mehr fühlen. Tony hat sie getötet. Finden Sie sich damit ab.« Er zerrte an Pressleys Arm und schleifte ihn die Treppe hinunter.

Katie senkte die Waffe und öffnete die Heckklappe von Tonys SUV. Alex setzte ihn hinein.

»Pass auf ihn auf. Ich hole Reeves.«

Sie nickte, und er joggte davon. Pressley saß am Fenster, die Knie hochgezogen und den Kopf gesenkt. Er blieb so, selbst als Alex mit dem Deputy über den Schultern zurückkam.

Katie schloss die Heckklappe und öffnete dann die hintere Beifahrertür und stieg ein. Alex ließ Reeves auf den Sitz sinken, und sie half dabei, ihn hinüberzuziehen. Aus seiner Schulter sickerte immer noch Blut, und sein Atem rasselte. Sie fischte in ihrer Tasche nach den Autoschlüsseln.

»Hier.« Sie warf sie Alex zu. »Fahr du.«

Er fing sie geschickt auf und zögerte nicht, auf den Fahrersitz zu klettern.

»Hast du noch das Telefon?«, fragte er, als sie die Kiesauffahrt zur Landstraße hinunterschossen.

Sie holte es aus ihrer Gesäßtasche und behielt dabei Pressley im Auge, der immer noch auf seine Knie starrte. Als sie den Bildschirm einschaltete, fluchte sie. »Es zeigt immer noch keinen Empfang an.«

Alex bog auf die Landstraße ein und trat aufs Gas. »Schau weiter nach.«

»Natürlich.« Sie starrte auf den Bildschirm und hoffte inständig, dass ein Balken auftauchen würde. Alex umfuhr eine scharfe Kurve, und die Straße öffnete sich zum Tal darunter. Zwei Balken erschienen auf dem Bildschirm. Ihr Herz sprang ihr in die Kehle, sie drückte die Notruftaste und dann auf Senden, um mit der Notrufzentrale verbunden zu werden.

»Boone County Notdienst. Bitte nennen Sie den Grund Ihres Notrufs.«

»Hier ist Katie Mitchum von der Forensik. Ich bin mit dem Gerichtsmediziner, Dr. Alex Randall, unterwegs. Wir fahren in die Stadt mit Deputy Reeves. Er wurde angeschossen. Wir werden in etwa zehn Minuten an der Notaufnahme des Krankenhauses eintreffen. Wir haben auch den Mann dabei, der auf ihn geschossen hat. Er ist unverletzt und in Handschellen. Können Sie den Sheriff bitten, uns dort zu treffen?«

Der Disponent räusperte sich. »Äh, ja. Okay. Gibt es noch weitere Informationen, die ich an das Krankenhauspersonal weitergeben soll?«

»Sagen Sie ihnen, dass Reeves unter Schock steht und viel Blut verloren hat.«

»Ja, Ma'am. Fahren Sie vorsichtig.«

»Das werden wir, danke.« Sie legte auf. »Sie erwarten uns, und Seb wird uns dort treffen.« Sie steckte das Telefon weg und beugte sich dann vor, um nach Reeves zu sehen. »Wir sind fast im Krankenhaus, Austin. Halt durch.« Sein Atem wurde von Minute zu Minute rasselnder. Sie prüfte seinen Puls und fand ihn schwach.

Mit einem Blick nach oben wünschte sie sich, dass das Auto

schneller – viel schneller – fahren würde, und sprach ein Gebet.

EINE TASSE KAFFEE ERSCHIEN UNTER ALEX' NASE. ER BLICKTE auf und sah Seb über sich stehen.

»Danke.« Er nahm die Tasse an und trank einen Schluck. Der Sheriff reichte eine weitere Tasse an Katie und setzte sich ihnen gegenüber.

»Also, wollt ihr mir erzählen, was passiert ist? Wir haben euer Auto auf der Landstraße gefunden. Ich nehme an, sie haben eine Falle gestellt?«

Alex nickte. »Ja. Jemand hat den Reifen zerschossen – wahrscheinlich Pressley – oder es könnte Tony gewesen sein, sein Auftragskiller. Er tauchte etwa eine Minute nach der Reifenpanne auf. Er hat auf Reeves geschossen und uns dann alle in sein Auto gezwungen. Pressley wartete in der Hütte auf uns. Er hat Tony aufgetragen, uns in den Wald zu bringen und zu beseitigen. Ich weiß nicht, wie dieser Typ so viele Morde begehen konnte. Er hat jeden Versuch, uns loszuwerden, verpfuscht.«

»Hat Pressley euch gesagt, warum er das alles gemacht hat?«

Katie nickte. »Die unbekannte Tote, für die Amanda so geschwärmt hat, war die jüngere Schwester einer ihrer Freundinnen. Die Paulsons haben sie entführt, und Pressley war einer ihrer Kunden.«

Seb pfiff leise. »Ich wusste nicht, dass sie mit der Freundin verbunden war. Wir haben allerdings herausgefunden, dass Pressley einer der Klienten des Rings war. Brandt hat endlich geredet. Scheint, als hätte er einen Vorgeschmack darauf bekommen, wie es ist, ein ehemaliger Richter in der Allgemeinbevölkerung des Gefängnisses zu sein. Er hat einige Informationen – und das Passwort zu einem verschlüsselten USB-Stick, den er hatte – gegen einen Einzelhaftplatz eingetauscht. Wir haben Pressleys Namen darauf gefunden.«

»Also war er so oder so erledigt.« Alex zuckte zusammen. »Ich wünschte nur, wir hätten das alles gewusst, bevor er Amanda entführt hat, um herauszufinden, was sie wusste.«

»Ich auch.«

»Sind Jackie und ihr Team auf dem Weg zur Hütte, um ihre Leiche und die von Tony zu bergen?«, fragte Katie.

Seb schüttelte den Kopf. »Die Feds kümmern sich darum. Ich hatte den Fall bereits an sie übergeben, also übernehmen sie die Bearbeitung des Tatorts. Sie haben auch Amos White verhaftet.«

Alex' Augen wurden riesig. »Was? Warum?«

»Sie haben seinen Namen auch auf dem USB-Stick gefunden, und er hat gestanden, mit Amandas Vater befreundet zu sein. Er sagt, er sei vor Jahren nur ein paar Mal dort gewesen, aber das war genug für Pressley, um ihn damit zu erpressen. Er ist derjenige, der Pressley erzählt hat, was ihr beide gefunden habt.«

»Oh mein Gott. Gibt es irgendjemanden in einer Machtposition, der *nicht* involviert ist?«, fragte Katie.

»Nicht wahr?« Seb schüttelte den Kopf. »Es ist eine umfangreiche Liste, und die Folgen werden schwerwiegend sein. Aber wir – ihr – habt eine bedeutende Organisation zu Fall gebracht und vielen Familien Gewissheit gegeben.« Er hielt inne und musterte sie einen Moment lang. »Ich muss sagen, ich bin beeindruckt. Ihr zwei seid ein verdammt gutes Team.«

Katie blickte zu Alex, ein sanftes Lächeln auf ihrem Gesicht. »Ich schätze, das stimmt.«

Er lächelte zurück. »Ja. Das stimmt.«

Seb grinste. »Macht es nur nicht zur Gewohnheit, die Bösen für mich auszuschalten. Bleibt bei der Forensik und lasst mich und meine Deputies sie in Zukunft handhaben, okay?«

»Vertrau mir, das werden wir«, sagte Alex. »Apropos Deputies, hast du Neuigkeiten über Reeves?«

»Ich habe gerade mit dem Arzt gesprochen. Er ist noch nicht über den Berg, aber der Arzt ist optimistisch. Er hat allerdings eine lange Genesungszeit vor sich. Die Kugel hat Knochen gebrochen und den Radialnerv beschädigt. Es könnte eine Weile dauern, bis er die volle Funktion zurückgewinnt.«

»Nun, wenn wir irgendetwas tun können, lass es uns wissen«, sagte Katie.

»Das werde ich. Nachdem ihr mit den Feds gesprochen habt, geht nach Hause und ruht euch aus.«

Sie nickten.

»Wir sehen uns später.« Er winkte und ging.

Alex sank erschöpft in seinen Sitz. Selbst der Kaffee reichte nicht aus, um ihn wach zu halten. Er schaute zu Katie, der es ähnlich zu gehen schien. Aber auf ihrem Gesicht lag auch Erleichterung. Sie müssten zwar noch mit einigen Leuten sprechen, aber es war vorbei. All diese Kinder konnten endlich in Frieden ruhen.

KAPITEL

Neun

Drei Wochen später...

»Hängt es gerade?« Alex schaute über seine Schulter zu Katie, die auf der Kante seines Schreibtisches saß.

Sie neigte den Kopf zur Seite und betrachtete die Gruppe von Zeichnungen, die er aufzuhängen versuchte. Es hing nicht ganz gerade. »Ein bisschen mehr in die Richtung.« Sie zeigte nach links.

Er justierte den Rahmen und sie nickte. Er ließ los und trat zurück, um neben ihr zu stehen, wobei er einen Arm um ihre Taille legte. »Mir gefallen die Rahmen, die du ausgesucht hast.« Sie bestanden aus dünnem schwarzem Metall, das die Zeichnungen gerade genug von der Wand abhob.

»Gut. Ich hatte Angst, du würdest denken, sie wären zu schlicht, aber ich wollte deine Kunstwerke nicht überschatten.«

Sie lächelte zu ihm hoch, noch immer unfähig zu glauben, welche Wendung ihre Beziehung zu diesem Mann genommen hatte. Vor einigen Wochen hätte es ihr nichts ausgemacht, ob er an ihrer Meinung interessiert wäre. Jetzt bedeutete seine

Meinung mehr als jede andere. Und sie liebte es. Sie liebte *ihn*. Es war immer noch schwer, das zu begreifen. Und dass er sie auch liebte.

»Sie sehen toll aus. Wenn wir jetzt nur noch den Rest deines Büros in Angriff nehmen könnten.« Sie schaute sich in Alex' langweiligem Büro um. Überall, wo sie hinschaute, sah sie nur Beige.

Er runzelte die Stirn. »Was stimmt nicht mit meinem Büro?«

»Es sieht aus, als hätte jemand einen Radiergummi genommen und alle Farben entfernt.«

Er lachte. »Stimmt wohl, aber ich habe mich nie wirklich darum gekümmert, wie mein Büro aussieht. Es ist nur ein Arbeitsplatz.«

»Ja, aber es sollte ein Ort sein, an dem du gerne Zeit verbringst, da du so oft hier bist.«

Alex zuckte mit den Schultern. »Vielleicht solltest du einfach mehr Zeit hier verbringen. Du erhellst den Raum beträchtlich.« Seine Augen wurden mitternachtsblau, als er auf sie hinabschaute.

Katie errötete und räusperte sich. »Ja, nun, ich glaube nicht, dass die Belegschaft das sehr mögen würde. Vielleicht sollten wir uns einfach auf ein paar Kissen oder Pflanzen beschränken.«

Ein weiteres Lachen brach aus seiner Brust hervor. Er beugte sich hinunter und drückte ihr einen Kuss auf die Wange. »Ich werde daran arbeiten. Aber wie wäre es, wenn wir jetzt erstmal von hier verschwinden?«

Mit einem Grinsen sprang sie vom Schreibtisch. »Ja. Wir sollten aufbrechen, sonst kommen wir noch zu spät.« Morgen war Jace und Taras Hochzeit, und sie waren beide dabei. Heute Abend war das Probeessen.

Alex nahm seinen Mantel und schlüpfte hinein. »Hast du daran gedacht, den Wein mitzunehmen?«

Katie nickte und führte den Weg aus seinem Büro. Er schloss die Tür hinter ihnen ab, bevor sie zu ihrem Schreibtisch gingen, wo sie ihren Mantel anzog und ihre Handtasche aus der Schreibtischschublade holte.

»Ich bin in der Mittagspause losgelaufen, um ihn zu besorgen. Ich kann nicht glauben, dass der für das Essen bestellte Wein gestohlen wurde. Warum sollte jemand so etwas tun?«

»Wahrscheinlich jemand, der schnell Geld machen will. Aber es macht mir nichts aus, wenn es eine Bring-deinen-eigenen-Wein-Party wird. Das sorgt für einen interessanten Abend.« Er grinste zu ihr hinunter, seine Hand ruhte auf ihrem unteren Rücken, als sie aus dem Labor gingen und den Aufzug betraten.

Die Türen schlossen sich und Katie lehnte sich gegen ihn. »Weißt du, was für einen noch interessanteren Abend sorgt?«

Seine Pupillen weiteten sich, als er auf sie hinabschaute. »Was?«

»Die Unterwäsche, die ich gekauft habe, um sie zu meinem Brautjungfernkleid zu tragen. Du wirst sie lieben.«

Er legte einen Arm um ihre Taille. »Verdammt, Frau. Und du wirst mich bis morgen Abend warten lassen, oder?«

Sie kicherte böse. »Jep.«

Er knurrte, dann hob er eine Augenbraue. »Nun, vielleicht lasse ich dich auch warten, bis du die Überraschung siehst, die ich im Auto für dich habe.«

Katie richtete sich auf. Überraschung? Sie hatte heute Morgen auf dem Weg zur Arbeit nichts bemerkt, und auch nicht, als sie in der Mittagspause in den Laden ging, um den Wein für heute Abend zu besorgen. »Wovon redest du?«

Der Aufzug klingelte und die Türen öffneten sich. Er wackelte mit den Augenbrauen, ließ sie los und stieg aus.

»Alex.« Ihre Stimme hatte einen warnenden Unterton.

Er lächelte nur und ging weiter.

Manchmal hasste sie ihn genauso sehr, wie sie ihn liebte. Warum musste er sie immer so necken?

Sie verließen das Krankenhaus und gingen zum Ärztelot. Als sie im Auto saßen, stürzte sie sich darauf.

»Wo ist es?« Sie öffnete das Handschuhfach und begann darin herumzustochern.

Er lachte und legte seine Hand auf ihre. »Es ist nicht da drin, Liebling.« Er griff nach oben, klappte seine Sonnenblende herunter, und ein Stapel Papiere fiel heraus.

»Ich hatte fast einen Herzinfarkt, als du in den Laden gegangen bist. Ich hatte solche Angst, dass du diese finden würdest.«

»Was sind das?«

Er reichte sie ihr.

Sie faltete die Papiere auseinander und runzelte die Stirn. »Flugtickets? Nach Hawaii?« Sie schaute mit einem neugierigen Stirnrunzeln auf.

»Ich dachte, nach den letzten Monaten hätten wir einen Urlaub verdient. Die Mächtigen waren einverstanden. Wir werden Thanksgiving in der Sonne des wunderschönen Waikiki verbringen.«

Ihr Stirnrunzeln verwandelte sich in ein strahlendes Lächeln. »Ja!« Sie warf ihre Arme um seinen Hals und küsste ihn. »Das ist genau das, was ich brauchte. Können wir auch unsere Kletterausrüstung mitnehmen? Sie haben doch Berge.«

Er grinste. »Das hatte ich schon eingeplant.« Sein Gesicht wurde ernst, und er strich eine Haarsträhne von ihrem Gesicht, dann zeichnete er die Linie ihres Wangenknochens zu ihrer Nase und hinunter über ihre Lippen nach.

In Katies Bauch brach ein langsames Feuer aus. Oh, was dieser Mann ihr mit nur einer Berührung antun konnte.

»Ich liebe dich. So sehr.«

Katie lehnte sich vor und drückte einen heftigen Kuss auf seinen Mund, dann zog sie sich zurück, um in seine Augen zu schauen. »Ich liebe dich auch. Das müssen wir später feiern. Ich könnte überredet werden, meine Badeanzüge für dich vorzuführen.« Sie runzelte die Stirn. »Wenn ich sie finden kann.« Am Tag nach ihrer Begegnung mit Pressley hatte Alex sie gebeten, bei ihm einzuziehen. Sie hatte nicht gezögert und hastig ihr kleines Haus gepackt. Aber das bedeutete viele unbeschriftete Kisten.

Er lachte. »Ich helfe dir beim Suchen.« Mit einem Knopfdruck startete er den Motor des Autos. »Ich denke allerdings, du wirst sie nicht so oft brauchen, wie du vielleicht denkst.« Hitze strahlte aus seinen Augen, als er zu ihr blickte.

Katie erschauerte. »Ja?« Sie spielte mit ihrem Finger an den Haaren in seinem Nacken. Er knurrte.

»Ja. Und wenn du damit nicht aufhörst, werden wir es nicht aus der Garage schaffen, wenn wir nach Hause kommen, und dann werden wir wirklich zu spät zur Probe kommen.«

Sie grinste. »Hmm... Es ist schon lange her, dass ich Sex in einem Auto hatte.«

»Jesus, Katie, du bringst mich um.«

Sie kicherte und lehnte sich zurück. »Gut. Rache für all die Jahre, in denen ich zusehen musste, wie du in Scrubs und einem Laborkittel durchs Büro stolziert bist.«

Sein Lächeln war teuflisch. »Ich habe einen zu Hause. Brauchst du einen Arzt?«

»Dringend.« Sie lachte und genoss die Freiheit, die mit ihrer Beziehung kam. Ihn jetzt aufzuziehen führte zu großem Spaß anstatt zu einer Menge Frustration, sexuell und anderweitig. Sie rutschte auf ihrem Sitz und ließ ihn in Ruhe, damit er sie sicher nach Hause bringen konnte. Sie wollte nicht, dass etwas ihre Pläne durchkreuzte.

»Ich habe noch eine Überraschung, die wartet. Sie wurde heute geliefert, während wir bei der Arbeit waren«, sagte er, als er auf die Hauptstraße abbog.

Sie drehte sich auf ihrem Sitz, neugierig. »Was ist es?«

Er wackelte mit dem Finger. »Oh, nein. Ich sage dir gar nichts. Du musst einfach geduldig sein.«

Katie schnaubte und verschränkte die Arme, was ihn zum Lachen brachte.

»Du siehst aus wie ein wütendes Kätzchen.«

»Katzen haben Krallen, vergiss das nicht.« Ihr wütendes Miauen und Zischen erfüllte den Innenraum des Autos.

»Runter, Kätzchen. Wir sind bald genug da.«

Sie verdrehte die Augen, lachte über sich selbst und lehnte sich zurück. Ihr Gehirn drehte sich, während sie versuchte herauszufinden, was er gekauft haben könnte, aber ihr fiel nichts ein. Als sie sich damit abfand, zu warten, lehnte sie sich in ihren Sitz zurück und genoss die kurze Fahrt nach Hause. Nach einigen Minuten bog er in die Einfahrt ein und parkte das Auto in der Garage. Sie war blitzschnell aus dem SUV draußen und rannte aus der Garage zur Veranda, wo sie das Paket sah, als sie vorfuhren.

»Langsam. Es läuft nicht weg.«

Sie kauerte vor der Box und blickte grinsend zu ihm hoch. »Glänzend.«

Er lachte und hockte sich neben sie, als sie das Klebeband abriss und die Box öffnete. Sie wühlte durch das Verpackungsmaterial und fand zwei Gartenzwerge. Ein Kichern entwich ihr, und sie sank auf ihren Hintern, als Wellen des Lachens über sie rollten. Die Zwerge waren genau wie die, die sie ihm in jener Nacht beschrieben hatte, als Tony ins Haus einbrach und versuchte, auf sie zu schießen.

Alex nahm sie aus der Box und kicherte mit ihr, während sie weiter lachte. »Was meinst du?«

Sie wischte sich die Tränen ab, die ihre Wangen herunterliefen, und ihr Lachen verebbte zu einem sanften Kichern. »Ich denke, sie sind perfekt.« Sie nahm den in Batik gekleideten und stand auf. »Lass uns einen Platz vorne für sie finden.«

Er hob den in Karohemd und Hosenträgern auf und folgte ihr von der Veranda. Sie betrachtete die Landschaftsgestaltung einen Moment, bevor sie zu den Büschen vor den Wohnzimmerfenstern ging. Sie stellten die Zwerge ab, dann traten sie zurück, um ihre neue Dekoration zu bewundern.

Katie kicherte wieder. »Die sind fantastisch.« Sie streckte sich auf die Zehenspitzen und drückte Alex einen Kuss auf die Lippen. »Danke.«

Er lächelte auf sie hinab und gab ihr einen schnellen Kuss. »Ich weiß, du bist schon ein paar Wochen hier, aber jetzt fühlt es sich wirklich an, als gehöre das Haus uns beiden. Willkommen zu Hause, Katie.«

Mit einem breiten Lächeln zog sie ihn zum Haus. »Komm. Lass uns meine Badeanzüge finden.«

Hitze verdunkelte seine Augen. »Ich wünschte, wir hätten mehr Zeit. Aber ich denke, du solltest die Badeanzüge vergessen. Ich werde umbuchen zu einem Ort mit privatem Pool. Wir können einfach nackt baden gehen.«

»Mit einem privaten Strand auch? Denn ich liebe den Ozean.«

Er küsste sie. »Ja.« Er nahm sie in die Arme und stürmte in die Garage und durch die Innentür.

Katie sandte ein stilles Dankgebet nach oben für diesen wunderbaren Mann, während sein Mund und seine Hände ihre Gedanken in alle Winde zerstreuten.

Ich hoffe, euch hat In Unmittelbarer Nähe gefallen! Buch 5 der Reihe, Feuer im Blut, ist jetzt erhältlich. Wenn Sie über Neuerscheinungen auf dem Laufenden bleiben möchten, tragen Sie sich bitte in meine Mailingliste ein. Allein für die Anmeldung erhalten Sie ein kostenloses E-Book! Danke fürs Lesen!

So melden Sie sich für meine Mailingliste an: https://ashleyaquinn.com/deutsch